Mäx

@AUTOR.S.HEEREN

Impressum

Bibliografische Informationen der Deutschen Nationalbibliothek
Die Deutsche Nationalbibliothek verzeichnet diese Publikation in der Deutschen Nationalbibliografie; detaillierte bibliografische Daten sind im Internet über http://dnb.d-nb.de abrufbar.

ISBN: 978-3-95894-367-4 (Print)

Am Friedrichshain 22 / 10407 Berlin / info@omnino-verlag.de
www.omnino-verlag.de

Prolog

„Hey, Mäx ... wie geht's dir?"

„Herr Mathey, können Sie mich hören? Versuchen Sie, zu nicken. Sie sind im Krankenhaus, aber alles ist in Ordnung. Sie brauchen sich keine Sorgen zu machen."

„Ich soll dich auch ganz lieb von den Kollegen grüßen, Mäx, hörst du?"

Die üblichen Freiwilligen

Knastbruder Richard ist vierunddreißig Jahre alt und kommt gebürtig aus einem sehr weit entfernten Landstrich. Der sarkastische Rädelsführer Richard, nur sein etwas jüngerer Bruder darf ihn Rick nennen, lebt in seiner eigenen, vierzehn Quadratmeter großen Zelle, in der die Übergänge zwischen Wohn- und Schlafbereich fließend verlaufen. Wo der sympathische Junggeselle auch auftaucht, gibt es immer einen Grund zum Lachen, deshalb hat der humorvolle Landstreicher mit dem spöttischen Nischenhumor nicht viele Freunde.

Nach drei gescheiterten Mordversuchen, einer Tötung im Affekt und zahlreichen Körperverletzungen ist der aufgeschlossene Richard allerdings wieder allein. Im Anschluss an seine Haftstrafe kann er es sich sehr wohl wieder vorstellen, sein gewohntes Leben fortzuführen. Bis dahin wäre allerdings für seine gesellige und kontaktfreudige Natur auch eine rein platonisch-postalische Beziehung erwünscht.

1

Das schwache Sonnenlicht, das durch die Jalousien der Praxis von Dr. Wendt fiel, lag in schmalen Streifen auf dem Dielenboden und zeichnete ein Gitter aus Licht und Schatten. Es war die Art von Raum, in dem die Zeit stillstand, gefangen zwischen den schweren Teakholzregalen voller antiquarischer Bücher und dem leisen Klappern des Samowars in der Ecke.

„Und? Wie ist es Ihnen sonst so ergangen? Wir haben uns eine Weile nicht mehr gesehen, oder?“ Dr. Wendt, ein Mann, der in Max’ Erinnerung immer einen Hauch von Kamillentee und altem Leder trug, goss die Tasse seines Gegenübers auf. „Möchten Sie noch Tee?“

„Ja danke“, murmelte Max und starrte in seine Tasse, als könnte er darin die Antworten auf seine unausgesprochenen Fragen finden.

„Was ist passiert?“, fragte Wendt direkt, ohne Umschweife. Seine Stimme war ruhig und ohne Urteil.

„Ein neuer Job.“ Max’ Antwort war kurz, und das war schon zu viel. In der kleinen Praxis kehrte eine bedrückende Ruhe ein, die nur vom lauter werdenden Schnauben des kochenden Samowars unterbrochen wurde.

„Ein neuer Job? Haben Sie Ihr Arbeitsverhältnis beendet?“, fragte Wendt besorgt nach.

„Nein, kein neuer Arbeitgeber. Nur ein neues Programm, das ich moderiere.“ Max grinste, ein Lächeln, das eher nach einem Witz über ihn selbst aussah. Er wusste, warum er nicht gekündigt hatte. Die Antwort war nicht einfach. Wendt registrierte den Ausdruck auf Max’ Gesicht, der so schnell wieder verblasste, wie er gekommen war. Max wünschte sich das beruhigende Schnauben des Samowars herbei, dieses monotone Geräusch, das alles übertönte. „Der Sender schickt mich aufs Land. Ich weiß nicht, wohin genau und was kommt, also kann ich nicht sagen, ob es gut wird." Er lächelte gezwungen, eine Berufskrankheit, der er nicht entkommen konnte.

„Ländliche Gegenden haben ihren eigenen Reiz", sagte der Doktor, während er Notizen machte. „Ich habe lange als Landarzt gearbeitet. Es war interessant."

„Das ist genau das, was ich befürchte." Max' Lachen war leer. Interessant – was sollte das schon heißen?

„Und was genau ist das für ein Job? Können Sie das schon sagen?"

„Wir nennen das Format. Ist im Grunde nur ein billiger Fernsehabklatsch. Nichts Neues, nur anders verpackt und seltsam kombiniert." *Freakshow*, dachte Max.

Wendt blickte auf. Er führte die Tasse zum Mund, seine Notizen lagen wie immer fest auf dem überschlagenen Bein. Emotionslos sagte er: „Sie mögen dieses Format nicht."

„Das trifft es recht gut." Max lehnte sich zurück. „Das ganze Vorhaben ist Blödsinn, der sich aber profitabel verkaufen lässt", was die kalte Kalkulation war, die man in diesem Business brauchte. „Ob wir damit auf Sendung gehen oder nicht, an der zunehmenden Verdummung und Verrohung unserer Mitmenschen ändert sich nichts", was die zynische Erkenntnis war, die sich ihm ungewollt aufgedrängt hatte. „Und wenn man damit Geld verdienen kann, wäre ich der Letzte, der sich gegen seinen Chef wehrt." Doch am Ende gewann die pragmatische Entscheidung.

„Verdummung und Verrohung", wiederholte Wendt nachdenklich. „Was sollen Sie den dummen Mitmenschen zum Fraße vorwerfen?"

„Nur das, was sie auch verdienen und äußerst unbequem im Hals stecken bleibt.“ Max lachte. „Ich vermute, dass selbst so etwas auf Gefallen stoßen wird. Wir leben in seltsamen Zeiten. Es wird eine Mischung aus Knastreport und Verkupplungsshow. Das, was die Leute eben sehen wollen.“

„Die Realität?“

„Die Realität und noch viel mehr.“

2

Willi Brahms Büro strahlte gleißend hell, ein künstliches, steriles Weiß, das jede Oberfläche bis zum letzten Staubkorn ausleuchtete. Hinter der breiten Fensterfront, die eine unpersönliche Skyline preisgab, lag die Welt da draußen wie ein abstraktes Gemälde. Die moderne Einrichtung – glattpoliert, kühl und ohne persönliche Note – spiegelte die Seele des Mannes wider, der hinter einem ebenso minimalistischen Schreibtisch hektisch auf und ab patrouillierte. „Mäx, wir brauchen dringend etwas Neues!", rief er und stoppte seine unruhige Patrouille. Die Luft in dem großen, leeren Raum vibrierte von seiner Energie.

„Was genau?", fragte Max beiläufig, seine gute Erziehung verbarg sein tiefes Desinteresse.

„Ich bin fast fertig, aber es fehlt noch etwas." Brahm, der in der Radiobranche als der Mann galt, der aus Scheiße Gold machte, setzte sich in seinen luxuriösen Sessel. Er lehnte sich hinter seine ordentlich strukturierte Arbeitsplatte und nahm, noch bevor er ganz zur Ruhe kam, den Kugelschreiber zwischen die Lippen. „Knast, aber ohne diese miesepetrigen Weiber", setzte er seine Gedanken fort. Der Kugelschreiber war bereits halb verschlungen.

„Das hat damals schon keiner geglaubt", sagte Max.

„Aber es hat funktioniert", rief sein Boss, während er leicht im Sessel wippte. „Fahren wir fort: ein ehrlicher Knast, eine ländliche Gegend."

„Die Außenmauern sind ziemlich hoch. Ein idyllischer Panoramablick zwischen den Gitterstäben wird schwierig." Max dachte routiniert nach. *Was für ein Schwachsinn!* Seine gute

Erziehung war schon lange dahin, und von Interesse brauchte man hier erst gar nicht anzufangen.

„Genau", rief Brahm, nun sichtlich aufgeregt. „Was bei denen ankommt, ist der ländliche Duft der Freiheit. Frauen und Bäuerinnen! Die bringen wir rein. Passende Optik zum Geruch! Ledige, natürlich."

Schwachsinn. Max spürte einen Anflug von Übelkeit. „Wie bitte? Ich verstehe nicht ganz." Er fragte sich, ob Arbeitsverweigerung ihn den Job kosten könnte. Sein Chef hätte ihn nie entlassen. Brahm war der Ideengeber, aber ohne Max' Stimme wäre das alles nichts gewesen. Ein absurder Gedanke.

Willi Brahm blickte Max direkt in die Augen, ein durchdringender Blick ohne Regung, der seine Gedanken verriet. Man konnte förmlich hören, wie sein Hauptrechner im Hintergrund ratterte. Plötzlich leuchtete eine neue Idee auf. „Handfeste Bäuerinnen, das ist gut", sagte er. „Jetzt brauchen wir nur noch einen starken Titel." Er stand auf und ging den Pfad hinter seinem Sessel auf und ab. „Mäx, das wird dein Ding – der Empfang, die Realität, deine direkte Art. Das passt perfekt zusammen."

Max konnte seinen verwirrten Gesichtsausdruck nicht verbergen. „Mir fehlt es noch ein wenig an Klarheit. Was wollen wir machen?"

Brahm verharrte und richtete seinen Blick nach draußen. „Handfeste Bäuerin findet dingfesten Bruder!"

„Findet was?"

„Na, findet Knastbruder! Das hat absolut nichts mit Suchen zu tun, wo sollen die armen Jungs auch hin? Wir haben einen Titel: Handfeste Bäuerin findet dingfesten Bruder. Genial!"

Max verspürte ein nervöses Zucken. Wie passend. „Wir haben einen Titel. Wofür genau?"

„Dies wird eine umfassende Sendereihe: Die ultimative Kuppelshow“, verkündete Brahm. „Live in der Morgensendung, den Nachmittagssendungen und Zusammenfassungen am Wochenende. Schluss mit dem Geräuscheraten, das haben alle Sender. Wir sind der Radiosender, der sich auf Singles mit speziellen Berufen konzentriert.“

Max konnte diesem Vorhaben nur wenig Positives abgewinnen, außer dass es Brahm glücklich machte. „Habe ich das richtig verstanden: Wir wollen allen Ernstes Bauerntöchter an schwere Jungs vermitteln?“

„Nein, Mäx, du zäumst das Pferd von der falschen Seite auf“, entgegnete Brahm. „Radio 1-1-0 ist die letzte Rettung für Singles mit Problemberufen und vermittelt schwere, nach Optik lechzende Jungs an griffige, bekannt duftende Kuhmädels.“

„Na, das ist natürlich etwas ganz anderes.“ *Noch viel größerer Schwachsinn.*

„Ja, das ist in der Tat eine erfrischend neue Idee“, sagte er und lehnte sich in seinen Sessel mit einem breiten Grinsen, das Max als Zeichen krankhafter Selbstliebe erkannte.

„Das ist bescheuert! Das weißt du“, sagte Max.

„Ja, sicher“, erwiderte Brahm, „und genau deshalb wird es funktionieren.“

3

Das schwache Licht des späten Vormittags zeichnete immer noch Gitter aus Schatten auf den Boden der Praxis. Der Raum schien Max nun noch kleiner vorzukommen, als er mit nervöser Anspannung die Worte seines Chefs verarbeitete. „Er hat gesagt, dass wir etwas Neues brauchen." Er hielt kurz inne und blickte zum Samowar, der den Eindruck erweckte, ebenfalls auf eine Fortsetzung zu warten. „Dabei meinte er nichts Neues. ‚Bäuerin trifft Knastbruder' ist aus meiner Sicht nichts anderes als eine Variation des Altbekannten."

„Ihr Chef?", fragte Dr. Wendt, neugierig auf den Samowar blickend.

„Ja, mein Chef setzt dem Ganzen die Krone auf."

„‚Handfeste Bäuerin findet dingfesten Bruder'", sagte Wendt und lächelte sanft. „Das klingt für mich weniger nach einer Kuppelshow. Eher nach einem Format, das lang verschollene Geschwister wieder zusammenführt."

„Selbst das gab es schon oft. Ein ‚Bruder' verleiht der Sendung zu viel Familienflair. Meiner Meinung nach sollte die Liebe im Mittelpunkt stehen oder zumindest grundlegende Triebe."

Wendt kritzelte Notizen auf seinen Block und starrte dabei auf Max. „Und?"

„Mäx, es geht hier nicht um Liebe", zitierte Max die Worte seines Chefs. „Damit verdienen wir kein Geld. Wir brauchen Elend. Niemand schaut oder hört sich Liebe an, weil sie neidisch macht. Aber Elend zeigt den Menschen, dass es anderen schlechter geht. Das zieht die Zuschauer an – in Farbe und/oder angenehmem Ton." Max lächelte breit und selbstsicher, sein Gegenüber stimmte zu, genau wie der Samowar.

„Ihr Chef nennt Sie immer noch Mäx?“

„Ja, so wie alle anderen auch.“ Max’ Lächeln verblasste. Die Aussprache mit dem deutlich lesbaren, anprangernden Ä in der Mitte – es war nur ein heuchlerisches Mäx, sehr weit entfernt von der entspannten amerikanischen Art oder gar von Maximilian, seinem eigentlichen Namen.

„Wollten Sie das nicht ändern?“

„Schon, aber ich habe es bisher nicht geschafft. Es ist schwer, Menschen zu neuen Gewohnheiten zu bringen.“ Max setzte sich aufrechter hin, seine Stimme war nun leiser. „Ich rauche wieder.“

Der Doktor notierte. „Herr Mathey, haben Sie nicht vor Kurzem aufgehört?“

„Vor fünf oder sechs Monaten. Scheint wie eine Ewigkeit.“

Wendt hielt die Hand an Max’ Tasse. „Noch etwas Tee?“

„Ja bitte.“

„Warum?“

Tee und Zucker standen bereit. Max sah in die Augen seines Arztes und lachte, ein kurzes, lautes Geräusch. „Ich weiß es nicht. Es war nicht die körperliche Sucht, sondern vielleicht das Gefühl der Bereicherung, das ich wieder wollte.“

„Warum Bereicherung?“

„Ich bin süchtig, weniger um die Sucht zu befriedigen, sondern um eine zu haben. Etwas Beständiges. Morgens ist sie schon da und kratzt, wie ein Haustier. Lässt man die Tür offen, ist sie weg.“ Er zögerte. „Ich bin wieder süchtig. Putziges, kleines Ding. Noch nicht ausgewachsen. Ich bin nicht stolz darauf, aber ich hoffe, bald wieder einen verlässlichen Partner zu haben. Es ging auch ohne und sogar gut, doch die Sucht lässt sich schwer verdrängen.“

„Das Verdrängte kommt immer ans Licht, nicht?“, flüsterte Wendt fast.

„Einmal Raucher, immer Raucher. Böse Zungen könnten behaupten, dass Exraucher nur verkappte Raucher sind und es auch immer bleiben. Aber wer würde so etwas schon wagen?"

Max empfand dies als einen guten und treffenden Zynismus. Sein Arzt würdigte es mit einem dezenten Lächeln, das einen Hauch von verstehendem Lausbubencharme enthielt. Er notierte nur wenige Worte. Die Sitzung war zu Ende.

4

Der Anreisetag.

22. November, 11:05 Uhr.

Max schloss die Praxistür vorsichtig hinter sich. Das leise Klicken des Schlosses überraschte ihn auch dieses Mal. Der Himmel über Hamburg war bleiern, und der scharfe Novemberwind trug die Feuchtigkeit der tief hängenden, grauen Wolken mit sich. Auf dem engen, überfüllten Parkplatz präsentierte der nasse Asphalt den letzten, noch nicht lang zurückliegenden Regenschauer. Max bewegte sich wie ein Schatten. Mit hochgeklapptem Mantelkragen, der sein unordentliches, dunkelblondes Haar kontrollierte und ihn vor dem beißenden Wind schützte, und einer Zigarette im Mund, die seine Nervosität verriet, wich er den Hindernissen aus. Seine Augen, ein kühles Grau, wirkten abwesend und glasig, als er den Rauch in den kalten, feuchten Nebel blies, der seinen Atem begleitete. Er wollte nicht auffallen, die Welt sollte ihn übersehen, ein Geist zwischen den geparkten Metallhüllen. Am Ende des Parkplatzes wartete Paul, Anfang zwanzig, mit einem ungestümen, jungenhaften Gesicht und kurzen, hellblonden Haaren, die nachlässig zur Seite frisiert waren. Pünktlich wie befohlen. Doch sein schräg geparkter Wagen, ein unverkennbarer Ausdruck jugendlicher Arroganz, verriet die Ordnungswidrigkeit. Max spürte ein Gefühl der Resignation. Er war aus der Enge der Praxis entkommen, nur um in eine neue Art von Enge zu taumeln, die jetzt auf ihn wartete.

„Du rauchst wieder", schallte es aus einer Parkbucht.

Max verlor kurz den Überblick im dichten Verkehr. „Ich grüße dich auch! Der Spaß kostet mindestens fünfzehn Euro."

„Geht aufs Haus."

„Haben wir alles?"

„Ja, ich bin dabei. Das reicht." Paul zündete sich ebenfalls eine Zigarette an.

„Freu dich nicht zu früh", sagte Max und schnippte seinen Stummel in den Berufsverkehr.

„Darf ich die noch aufrauchen? Zum Glück hat keine Politesse deinen Umweltverstoß gesehen." Paul grinste. „Vergiss nicht, es war schon immer verboten, Kippen in der Gegend zu verteilen."

Max öffnete die hintere Tür des Kombis. „Rauch zu Ende. Wir müssen los", antwortete Max, das Lächeln gezwungen, dann eingefroren. Und weg. „Wer ist das?", fragte er und sah die Gestalt auf dem Beifahrersitz regungslos an.

„Samner", antwortete der Fremde selbst und stieg aus.

Max' Augen weiteten sich. Das Gesicht kam ihm nicht nur bekannt vor. Manches fragt man ohne Grund.

„Das ist der Polizist, der dich vermutlich bei deinem fragwürdigen Handeln beobachtet hat", sagte Paul. „Während du das mit ihm klärst, warte ich hier. Und rauche."

Samner trat näher. Seine Stimme war rauchig und klar. „Herr Mathey, ich möchte darauf hinweisen, dass Ihre Handlungen eine Umweltverschmutzung und eine Gefährdung darstellen. Eines der Fahrzeuge hätte getroffen werden können, mit schwerwiegenden Folgen. Nicht auszudenken, was alles hätte passieren können."

„Kennen wir uns?"

„Herr Mathey, natürlich. Wir haben uns mal gesehen. Erinnern Sie sich?" Samner trat noch näher. „Haben Sie Feuer?"

Max gab ihm Feuer und zündete sich eine neue Zigarette an. Samner zog erstaunlich lange an seiner eigenen, bis direkt an den Filter, bevor er die Überreste auf den Boden fallen ließ. „Aber deswegen bin ich nicht hier."

Max warf seinen Coffee-to-go-Becher, der zuvor seine Jackentasche ausgebeult hatte, achtlos auf Samners Zigarette. „Entledigung von Altlasten. Das Übliche eben."

„Er kommt mit!", rief Paul aus dem Auto vom Rücksitz aus.

Max' Blick fuhr von Paul zu Samner. „Er kommt mit?"

„Von ganz oben abgesegnet", ergänzte Paul begeistert.

Max schlug die Autotür mit solcher Wucht zu, dass das Fahrzeug bebte. Er sah das Adrenalin vor seinen Augen tanzen. „Und *Sie* kommen mit?"

„Ich freue mich, dass Sie sich erinnern, Herr Mathey", sagte Samner. „Das erspart uns die Höflichkeitsfloskeln."

„Ich hatte gehofft, dass irgendwer, vielleicht ein fähiger Beamter, unseren Schwachsinn blockieren würde. Das Gegenteil ist der Fall. Scheinbar verdienen wir alle dieses Format. Wenn Sie wegen *ihm* hier sind, muss ich Sie enttäuschen. Sie kennen ihn wohl besser als ich." Max warf seine Zigarette direkt neben das Fahrzeug.

Samner schob seine Jacke beiseite und präsentierte eine Pistole im Holster. „Ich bin nur der Aufpasser, nicht der Bewerter. Es ist vorteilhaft, dass ich dieses Mal das Geschehen aus der ersten Reihe beobachten kann. Das ist ein Fortschritt im Vergleich zum letzten Mal."

War das sein Ernst? Max öffnete die hintere Tür und beugte sich zu Paul hinein, der vor Schreck und mit offenem Mund die Wut im Gesicht seines Chefs bestaunte. „Wer sind die Gefangenen, die an diesem Blödsinn beteiligt sind?", fragte Max ohne Rücksicht. Pauls Stimme war dünn, kaum zu verstehen, als er eine Mappe aus dem Kofferraum hinter sich wühlte. Max riss sie ihm aus der Hand, überflog die Blätter und fand sofort, was er nicht hatte finden wollen: Ihn. „Das ist nicht euer Ernst!“, rief Max und schlug die Tür zu. Paul blieb allein im Wageninneren zurück.

„Er ist der einzige Freiwillige“, erklärte der Polizist ruhig. „Die anderen werden wir befehlen oder locken.“

„Aber warum er? Sie kennen ihn. Das kann nicht wahr sein! Wenn ihn einer kennt, dann doch Sie!“ Max überflog noch einmal die Unterlagen: *Knastbruder Richard ist vierunddreißig Jahre alt ... Der sarkastische Rädelsführer Richard ...*

Max öffnete die Tür erneut. „Was ist das?“

Paul schluckte. „Das ist für die Damen. Der Chef hat es genehmigt. Soll locker und freundlich wirken. Wir haben erst einen, aber die anderen Häftlinge kommen bestimmt auch noch.“

Die Tür flog wieder zu. „Also, wenn uns dieser eine nicht reicht, dann weiß ich auch nicht“, rief Max.

„Ja, das wird schon – wie beim letzten Mal.“ Max zerrte an seinem Hemdkragen, öffnete zwei Knöpfe und präsentierte mit glasigen Augen eine breite und tief eingerissene Narbe, die sich vom Schlüsselbein bis zur gegenüberliegenden Brustwarze erstreckte. „Und in Anbetracht der ursprünglichen Ausmaße sieht das doch wieder recht passabel aus, Herr Mathey.“

Die Knarre sieht passabel aus, dachte Max. Er zwang sich, das Hemd und den Gesichtsausdruck wieder zurechtzurücken. „Wir müssen.“

5

Max fuhr aufs Land hinaus. Mit jedem Kilometer wurde der Traum seines Chefs von einer ländlichen Idylle sichtbarer. Doch die Idylle hatte eine düstere Note. Die Luft war erfüllt von einer beißenden, novembergrauen Kälte, und regengeschwängerte Wolken pressten den Himmel zu einer trägen Decke herab. Erst als er die imposante, monströse Struktur der Vollzugsanstalt im kargen Flachland erblickte, die wie eine unheilvolle Festung aus dem Nebel ragte, erschloss sich ihm das Gesamtbild. Trotz seiner inneren Abwehr drängten sich ihm die inzestuösen Ähnlichkeiten zwischen Gefängnis und Bauernhof auf. Er wusste, er würde hier auf Vertrautes stoßen, was ihn zu einem Teil des Ganzen machte.

Die holprige Schotterstraße zwang ihn, das Fahrzeug weit vor der Anstalt abzustellen. Der großflächige Parkplatz war verlassen, wirkte ramponiert und tot. Über allem lag eine gespenstische Stille, die nur vom Knirschen der Reifen unterbrochen wurde. Max spürte den kalten Hauch, der sich von den massiven Mauern ausbreitete und sich in die vermeintliche Wärme des Kombis drückte. „Warum hältst du hier, Mäx? Wollen wir uns Blasen laufen?", protestierte Paul von der Rückbank, seine Stimme unpassend heiter in der drückenden Stille.

„Bleib ruhig. Hast du mehr Zeit zum Qualmen." Max betrachtete die gespenstisch leere Freifläche zwischen dem Auto und dem Eingang.

„Zeit für eine ganze Schachtel, oder?", kommentierte Samner.

Die Strecke reichte nicht einmal für eine Zigarette, bevor sich die Eingangstür öffnete. Ein Mann mit einem breiten

Lächeln kam auf sie zu. „Ich gehe recht in der Annahme, dass Sie Mäx von der Morning-Show sind? Toll! Wir hören hier alle regelmäßig Radio."

Max konnte kaum auf die rasante Begrüßung reagieren, bevor der imposante Mann ihm übertrieben die Hand schüttelte. „Und Sie sind …?"

„Das ist Herr Voss", informierte Paul von der Seite. „Der Leiter der Vollzugsanstalt."

„Peter Voss, aber nennen Sie mich Peter. Ich hatte Sie mir älter vorgestellt."

„Passiert häufiger. Das ist der Radio-Effekt." Peter legte eine Hand auf Max' Schulter, Paul tat dasselbe. Gänsehaut machte sich breit. „Meinen Assistenten kennen Sie bereits, und Herrn Samner muss ich Ihnen wohl nicht vorstellen."

„Ihr Assistent hat alles sehr gut und fachgerecht vorbereitet", lobte Peter mit heiterer Stimme. „Es ist erfreulich, dass alles reibungslos funktioniert hat."

„Loben Sie ihn bitte nicht zu früh, Peter", bemerkte Max nüchtern. „Wir haben noch nicht begonnen."

Peter wurde einen Moment ernster, ohne sein heiteres Auftreten zu verlieren. „Anfangs dachte ich, Ihr Besuch wäre privater Natur, jedoch …"

„Das muss ich verneinen", sagte Max, sein Blick wanderte über Pauls fragendes Gesicht. Paul war zu jung, um es zu wissen. „Ich bin aus beruflichen Gründen hier, was wahrscheinlich auch besser ist."

Peter öffnete die Glastür. „Folgen Sie mir bitte ins Gebäude. Ich zeige Ihnen die relevanten Bereiche, dann können wir beginnen. Haben Sie Einwände?"

„Das klingt nach einem Plan. Ich schlage vor, dass Herr Samner und mein Assistent vorausgehen. Wenn Sie dann noch kurz ein paar Sekunden Zeit für mich hätten, wäre das sehr freundlich."

Max positionierte sich so, dass Paul und Samner problemlos ins Gebäude gehen konnten. Peter schob Max näher an seine Seite und instruierte die anderen. „Gehen Sie geradeaus durch, dort ist ein Empfangsschalter. Klingeln Sie, die Herren sind informiert. Bis später." Peter zeigte auf einen Aschenbecher neben dem Eingang. „Schlechtes Wetter, oder? Gehen wir hierhin."

„Der Raucherbereich", stellte Max neutral fest.

„Er soll abschreckend wirken." Peter bot Max eine Zigarette an. „Kennen Sie die gelben Raucherzonen an Bahnhöfen?"

„Gelbe Raucherzonen haben sich nicht durchgesetzt. Eine Linie am Boden hindert niemanden am Rauchen, genauso wenig wie Pissbereiche im Swimmingpool funktionieren." Max bekam Feuer.

„Ja, das könnte zutreffen. Ich nehme an, Sie möchten nicht über den Konflikt zwischen Rauchern und Nichtrauchern sprechen. Auch nicht über Badeanstalten." Peters Grinsen verschwand langsam.

„Sie wissen, was Sie hier tun?", fragte Max, seine Stimme neutral.

„Worauf beziehen Sie sich genau?" Peter lächelte wieder. „Handelt es sich bereits um eines dieser Interviews? Die dann auch ausgestrahlt werden, für die Sendung?"

„Nein, das hier ist kein *Interview*." Max' Tonfall wurde scharf, er hoffte, das Lächeln zu entfernen. Es gelang ihm nicht.

„Ach, wirklich nicht. Nun gut, wir führen also ein rein privates Gespräch?" Peters Lächeln verschwand endlich. Max' Anspannung ließ nach.

„Warum machen Sie solch einen Scheiß mit?", fragte Max, seine Stimme bebte. „Ich meine dieses armselige Gefangenen... Schauspiel!"

„Das fragen Sie mich? Müsste ich nicht eher fragen, was Sie hier machen?"

„Ich arbeite hier! Das ist mein Job!"

„Und was denken Sie, Mäx, was ich hier mache? Ich bin ebenfalls bei meiner Arbeit. Die Form haben Sie oder Ihr Sender vorgegeben", konterte Peter.

„Es geht mir einzig und allein um Ihren Freiwilligen. Den kann man doch nicht auf andere Menschen loslassen. Allein die Vorstellung sollte strafbar sein."

„Es ist verständlich, dass Sie auf Richard anspielen. Ich möchte, dass Sie die Situation hier professionell betrachten."

„Das kann ich nur, solange keine Menschen gefährdet werden. Haben Sie ihn unter Kontrolle?"

„Ich habe Richard so weit unter Kontrolle, wie es möglich ist."

„Und Sie glauben, das reicht aus? Um jemanden in seine Nähe zu lassen?"

„Sie müssen mir vertrauen. Richard hat sich geändert, zumindest für seine Verhältnisse. Er spielt eine wichtige Rolle, Mäx! Die Jungs wegzuschließen, ist nicht genug. Es geht darum, wie wir nach außen wirken. Wir sind durch hohe Mauern abgekapselt, aber sie sind immer noch Menschen." Peter nahm einen tiefen Zug von seiner Zigarette. „Ihre Aktion, diese Radiosendung, schafft Transparenz. Menschen mögen keine Dinge, die sie nicht sehen oder verstehen können."

„Ich sage Ihnen, welche Rolle Ihr Freiwilliger spielen wird: Er wird Sie und alles hier ins Verderben stürzen."

„Das denken Sie, aber ich bin zuversichtlicher. Gerade weil er ein solches Kaliber ist, werden ihn die Leute in ihr Herz schließen. Und wenn uns das gelingt, wird es ein Leichtes sein, auch minderschwere Verbrecher zu integrieren. Warten Sie es ab."

„Ich mache meinen Job und werde dafür bezahlt. Aber glauben Sie mir: Dieser Mann ist nicht zu kontrollieren – weder von Ihnen noch von dieser Anstalt!"

Max wusste, dass auch dieser Vorstoß gescheitert war. Schon beim Anblick der vielen Zigarettenstummel im Aschenbecher musste er sich eingestehen, dass er sich diese Situation selbst eingebrockt hatte. Er hätte von Anfang an ablehnen sollen. Gar nicht hier sein. Doch egal, wie er versuchte, die Situation gedanklich zu ändern, das Ergebnis war stets dasselbe: Tod, Zerstörung und andere negative Auswirkungen. Ihm blieb nichts anderes übrig, als zu hoffen. Doch am Ende bleibt auch der Hoffnung kein anderes Ende erspart. Alles nur eine Frage der Zeit.

Ein nicht wenig einladender Tagtraum

Bäuerin Claudia ist fünfundzwanzig Jahre alt und kommt aus dem angrenzenden Umland. Die quirlige Jungbäuerin Claudi, wie Freunde sie nennen, sorgt gemeinsam mit ihrem Vater für rund neunzig Kühe und vierzig Kälber und tut alles dafür, damit sich ihre Tiere wohlfühlen.

Das große Hobby von Claudia sind Tierschauen, an denen sie auch selbst teilnimmt. Als unternehmungslustiger, fröhlicher und naturverbundener Typ sehnt sich Claudia nach einem jungen Mann, der mit ihr das Leben in vollen Zügen genießt – und der sie nimmt, wie sie ist: Natur pur.

Wirst du von Bäuerin Claudi gefunden?

6

Zuvor im Auto.

Nachdem Max die Autotür zugeschlagen hatte, spürte er einen Adrenalinschub, der jedoch schnell einem Gefühl der Beklemmung wich. Die eisige Novemberkälte drang durch die Ritzen, und der nasse Wind zerrte an den Scheiben, als würden draußen unsichtbare Hände versuchen, ins Innere zu gelangen. Max blickte nach rechts. Auf dem Beifahrersitz richtete sich Samner ein, sein Gesicht eine unbewegliche Maske aus Skepsis und belustigter Neugier. Er schien das absurde Spektakel mit einer stoischen Ruhe zu beobachten. Hinten saß Paul, ein breites, ungestümes Grinsen auf dem Gesicht, die jugendliche Begeisterung fast unerträglich. Für ihn war dies ein aufregendes Abenteuer, ein neues Format, ein potenzieller Quotenerfolg. Max spürte, wie die Anspannung zwischen den Dreien den Innenraum füllte. Er startete den Motor, dessen Geräusch die Stille zerschnitt. Während er auf die Straße fuhr, dachte er nur daran, wie gefährlich und schwachsinnig diese ganze Idee war. Schnell hatten sie die Stadt verlassen. Die graue, triste Landschaft, die an den Scheiben vorbeizog, spiegelte seine eigene innere Leere wider. Sie alle fuhren in eine Absurdität, aus der es kein Entrinnen gab. „Paul, wie haben *wir* uns das Ganze vorgestellt? Bekomm' ich freundlicherweise eine Einweisung?", fragte Max beiläufig und umklammerte das Lenkrad. Bei 190 km/h auf der leeren Autobahn gab ihm die Geschwindigkeit ein Gefühl von Freiheit.

„Der Chef will, dass wir es wie immer machen – nur besser."

„Okay, was genau verbessern wir?"

„Wir nehmen das Übliche auf: Interviews, erste Begegnungen und unsere Kennenlernfeier", erklärte Paul. „Dafür nutzen wir diesen Camcorder." Er zog einen silbernen Winzling aus seiner Tasche und schwenkte ihn. „Für den Live-Stream und den Web-Reporter. Der Chef wollte etwas Neues. Richtig schön retro." Paul öffnete den Camcorder und filmte das Innenleben des Kombis.

„Wem das pure Anhören unseres Gruselkabinetts nicht genügt, der bekommt den passenden Rest veranschaulicht."

„So habe ich mir das ungefähr vorgestellt. Abgesehen davon, die Leute wollen ihren Moderator auch mal in echt sehen, Mäx."

„Das Internet ist keine neue Erfindung, das weißt du, oder?", sagte Max und lachte, diesmal weniger gezwungen. Es stellte sich Routine ein, wie immer.

„Ist mir klar, ich bin ja nicht von gestern! Aber meine Idee gefiel dem Chef. Da staunst du, was?" Paul grinste, filmte die immer ländlicher werdende Landschaft. „Die Profile sind online. Der Zuhörer kann die Gefangenen und die Waldschönheiten sehen und selbst verkuppeln."

„Und das bedeutet?"

„Der Zuhörer legt die Paare fest. Man kann sich sein eigenes Elend zusammenstellen. Das Elend nach seinem Geschmack – wie bei einem guten Pizzaservice! Das macht den Unterschied. Bei den üblichen Formaten musst du als Zuschauer alles nehmen, wie es ist. Gesteigertes Elend hilft immer."

„Da sich nicht alles ins Unendliche steigern lässt …", begann Max.

„Soll nun der Zuhörer seinen Cocktail selbst mixen", ergänzte Paul mit einem unterdrückten Lächeln, als er durch seine Akten blätterte.

„Ist das nicht ein bisschen …?“

„Kann sein.“

„Wir haben nur einen Freiwilligen. Es gibt keine Auswahl.“

„Das ist uns bewusst. Wir haben vorübergehend Alibikandidaten aufgeführt, die später ersetzt werden.“

„Bescheißt ihr also die Teilnehmer *und* das Publikum?“

„Ja, das tun *wir*. Wir können das Ganze später anpassen und die Freiwilligen umbenennen. Das wird die Sendung abrunden.“

„Und übrigens möchte das Publikum getäuscht werden“, sagte Max. Obwohl ihn die Situation beunruhigte, fühlte er sich in seinem Element. Routine. Aber hier war er zu tief involviert, um unbeschadet aus der Sache herauszukommen. Auch das wurde ihm jetzt klar, ein ganz neues Gefühl. Er war bereits zu lange Teil dieser Show. Mäx *war* die Show.

Paul sah auf und Max bemerkte Samner, der sich auf dem Beifahrersitz bewegte. Er stellte sich vor, wie diese Unterhaltung für einen Außenstehenden klang. Samner war vermutlich froh, eine Waffe dabei zu haben. „Meine Herren, Ihr Job ist beeindruckend anspruchsvoll, mein Respekt dafür“, sagte der polizeiliche Helfer. Er schüttelte leicht den Kopf und schloss wieder die Augen.

7

„Das Ziel des Justizvollzuges besteht darin, die Gefangenen auf ein straffreies Leben in sozialer Verantwortung vorzubereiten und die Öffentlichkeit vor weiteren Straftaten zu schützen", erklärte Peter Voss, der Anstaltsleiter, als er den Eingangsbereich für Max freigab.

Max bewegte sich unbeeindruckt an der hochgewachsenen Gestalt vorbei. „Das Interview findet noch immer nicht statt", korrigierte er den plötzlichen Versuch des Leiters.

„Aber es könnte dafür verwendet werden", antwortete Peter ruhig, als er die Tür hinter ihnen schloss. „Diese Anstalt umfasst drei Standorte und bietet siebenhundertdreißig Haftplätze. Wir haben dreihundertvierundsechzig Mitarbeitende. Die Leitung hier vor Ort liegt bei mir."

„Sie sagten, es geht darum, die Öffentlichkeit zu schützen", sagte Max und blieb abrupt stehen. „Aber setzen Sie sie nicht gerade einer Gefahr aus? Sie bringen Ihre *Knastis* verfrüht in Umlauf."

Peters joviales Lächeln schwand. „Aber wie sollen wir unsere *Insassen* auf das Leben außerhalb vorbereiten, wenn wir sie strikt ausklammern?" Er blickte Max fest in die Augen. „Es wäre unklug, ihr vorhandenes Potenzial zu verschwenden." Max packte den Arm seines Gastgebers und zwang sich, die aufsteigende Empörung zu unterdrücken. Peter verstand ihn. „Richard hat noch eine Chance, und wir sind hier, um daran zu arbeiten."

„Sie müssen das so sagen, sonst würde dieser Job absolut keinen Sinn machen", konterte Max, seine Stimme rau. „Ich sehe das anders."

„Und genau deswegen haben Sie Ihren Job und ich meinen“, sagte Peter, klopfte Max auf die Schulter und ging weiter. „Es ist schön, wie sich im Leben immer alles irgendwie regelt. Sie brauchen sich nicht zu sorgen, wir haben für alles gesorgt. Die Insassen wurden umfassend vorbereitet, auch die, die noch nichts davon wissen. Und auch die Damen haben wir bereits gründlich eingewiesen.“

Max’ Herzschlag beschleunigte sich. „Sind die Damen schon da?“, fragte er und spürte einen winzigen, unerwünschten Funken der Vorfreude. Wie Panik, die von einem unerklärlichen Halbsteifen begleitet wird.

„Ja, sie sind schon lange hier. Sie und Ihr Team sind die Letzten. Eigentlich Sie. Wir haben Sie sehnsüchtig erwartet! Außerdem kennen wir Sie aus dem Radio, und hier gibt es viele treue Stammhörer.“ Peter strahlte. Völlig ahnungslos. „Ich zeige Ihnen jetzt am besten erst einmal Ihre Unterkunft.“

8

Noch auf der Herfahrt.

Im Auto.

„Und was sind das für Damen, die wir hier vorstellen?", fragte Max. Die monotone Geräuschkulisse des Wagens, die mit jedem weiteren Moment drückender wurde, war unerträglich.

„Hier haben wir Claudi", antwortete Paul unbeirrt.

Max erhielt eine Ganzkörperfotografie, die sich zwischen seinen Augen und der Motorhaube ausbreitete. „Danke, das wollte ich dann doch nicht so detailliert wissen!"

Paul grinste breit und verstaute das Foto wieder in seiner Mappe. „Besser jetzt klären, als später Beschwerden erhalten." Er las mit deutlicher Betonung vor: „Bäuerin Claudia ist fünfundzwanzig Jahre alt und stammt aus dem angrenzenden Umland. Die Jungbäuerin Claudi, wie Freunde sie nennen, kümmert sich zusammen mit ihrem Vater um rund neunzig Kühe und vierzig Kälber. Und dann die üblichen Informationen. Die Hobbys kannst du dir selbst denken."

„Lass mich raten: Sie ist ein eher natürlicher Typ?" Das Foto machte es leicht.

„Richtig! Unternehmungslustig, fröhlich, naturverbunden. Und ihr großes Hobby sind Tierschauen, an denen sie auch selbst teilnimmt", zitierte Paul und lachte.

„Das meinst du doch nicht ernst?"

„Doch, absolut."

„Sehr zweideutig", murmelte Max. Er wollte dem Erfolg dieser Absurdität nicht zustimmen. Vielleicht war es Neid, der ihn seinen Widerstand aufrechterhalten ließ. Vielleicht Anstand. Doch der gehörte nicht zu seinem beruflichen Repertoire.

„Und das Foto erst! Die Leute kennen keine Grenzen, oder?"

„Angebot und Nachfrage, wen wundert's. Und das hat der Chef sicher auch abgesegnet?"

Paul grinste Max durch den Innenspiegel an. „Das war sein Favorit. Und nicht umsonst hat unsere Claudi die meisten Klicks auf unserer Seite erhalten. Rate mal, wer auch noch von ihr gefunden werden darf?"

„Ich ahne Dunkles."

„Unser Freiwilliger ist beliebt. Publikum kann gemein sein."

„Und deine anderen Kandidaten?", fragte Max.

„Die laufen beim Voting nicht so gut." Pauls Mundwinkel verzogen sich. Sein Versuch, selbstkritisch zu wirken, scheiterte kläglich. „Es scheint, als würden die Leute den Trick durchschauen." *Die Menschen erkennen halt echtes Elend*, dachte Max. „Sei's drum. Wir fangen erst mal mit unserem fertigen Paar an, vielmehr Trio. Den Rest mixen wir, wenn wir die anderen Knastbrüder gestellt bekommen. Ansonsten lassen wir uns was von 'ner KI erstellen, ist eh billiger und stellt sich nicht so an."

„Warum Trio?"

„Wir haben die Bäuerinnen auf zwei Damen pro Insasse beschränkt. Eine Zelle ist nicht groß genug für mehr. Und Richard, der begehrte Insasse", Pauls Stimme triefte vor ironischer Autorität, „hat schließlich nur zwei Hände." Er ließ den Satz einen Moment stehen, mit der bewussten Pause, die diese Art von altem, männlichem Kalenderblattspruch verlangte.

Max lehnte sich zurück und sah aus dem Fenster. *Zum Glück.* Er dachte an das dumpfe, abgedroschene Bild: zwei Frauen, zwei Hände. Die Primitivität dieses Arguments war so offensichtlich, dass es schon wieder zum perfekten Werbeslogan für ihre Freakshow taugte. Die andere Bäuerin hieß Ursula und war Pferdewirtin. *Nur zwei Hände.* Die Monotonie dieser Männerrunde feierte die eigene Beschränktheit.

9

Der Anreisetag.

21:46 Uhr.

Der Wärter klopfte an Max' Zellentür und informierte ihn, dass alle Maßnahmen bis 22:00 Uhr abgeschlossen sein mussten. Danach würden die Türen für die Nacht verschlossen. Max nickte und öffnete vorsichtig die schwere Tür. Das Innere war ernüchternd. Die Luft in der Zelle war stickig und trug einen fremden, leicht metallischen Geruch, der nicht ihm gehörte. Ein Geruch, der nach einem anderen Leben roch. Max hoffte, der Bewohner würde nicht plötzlich hinter dem Bett hervorspringen. Die Zelle war erst vor wenigen Stunden verlassen worden, wie das zerwühlte Bett und die Einrichtung zeigten. Max schloss die Zellentür, deren blechernes Klicken laut im kleinen Raum hallte. Er warf seine Reisetasche und Jacke auf das klapprige Bett und sah sich die Fotos im Regal an: eine Frau, zwei Kinder, eine Katze. Das Übliche. Er drehte die Bilder zur Wand, um die Illusion des Familienglücks nicht sehen zu müssen. Wahrscheinlich kamen sie direkt mit den Rahmen – eine schöne, dekorative Vorstellung von Leben. Max sah sich noch einmal genauer um, spürte das Bedürfnis, diese Lüge zu widerlegen. Er traute dem vermeintlichen Insassen keine Familie und schon gar keine Katze zu. Nur eine schöne und dekorative Illusion.

Es klopfte an der Zellentür, die daraufhin ohne Weiteres geöffnet wurde. „Guten Abend, ich hoffe, ich störe nicht?", trat ein hagerer Mann in Häftlingsbekleidung ein. Die weite, gestreifte Uniform ließ ihn noch dünner erscheinen und bediente das Klischee vom Gefangenen. Max suchte nach einer Eisenkugel am Fußgelenk. Keine da.

„Sollte das hier Ihre Unterkunft sein, dann stören Sie ganz sicher nicht“, sagte Max mit ruhiger Stimme, die er selbst kaum erkannte, und hoffte, dass seine Vermutung falsch war.

„Nein, nein, keine Sorge. Ich liege nebenan.“ Der Mann trat ein. Max wich instinktiv zurück, bis die kalte Wand seinen Rücken traf. Persönlicher Raum war hier nicht mehr existent – die Zelle hatte ihn verschluckt.

Er öffnete das vergitterte Fenster. „Nennt man das offenen Vollzug?“, fragte er, um das weitere Eindringen zu stoppen. Der Gestreifte lachte herzhaft.

„Ich muss mich entschuldigen. Ich wollte Sie nicht erschrecken. Sie sind Mäx!“

Max war überrascht, doch der frische Luftzug hielt ihn davon ab, das Fenster zu schließen. Er holte seine Zigaretten heraus, legte seine Jacke zurück aufs Bett und stand kurz darauf mit einer brennenden Zigarette am offenen Fenster. „Möchten Sie auch eine?“, bot er höflich an.

„Ich glaube, Sie dürfen hier nicht rauchen“, antwortete die Person.

„Schlimmer als jetzt kann es nicht werden“, witzelte Max, blies Rauch durch die Gitterstäbe und spähte ins Dunkel, als würde er dort nach einem Ausweg suchen.

„Da könnten Sie natürlich recht haben. Aber nur, wenn Sie nicht Mäx sein sollten.“

„Ich wollte Sie nicht unterbrechen“, setzte Max unverblümt nach.

„Wobei?“

„Sie haben mich vorgestellt und wollten nun weitermachen, richtig?“

„Ja, klar, ich bin Timm van der Furth."

„Also, van der Furth, Timm ...", Max schnippte seine Zigarette aus dem Fenster.

„Sagen Sie einfach Timm."

„Also, Timm, wer sind Sie noch gleich?"

„Fangen wir von vorne an. Ich bin Timm van der Furth, Ihr Coach."

Max zog einen Stuhl heran und setzte sich mit Abstand. „Sie sind mein Coach? Und kein Häftling?"

„Nein", erklärte Timm und zeigte auf ein gestreiftes Stück Stoff unter der Bettwäsche. „Das ist nur ein Teil meiner Kleidung."

Max zog den Wäscheblock heran und betrachtete die Insassenbekleidung. „Auf gar keinen Fall!", rief er. „Und wozu brauche ich einen Coach?"

10

Max brauchte so einiges: ein frisch bezogenes Bett, weniger nervige Leute, vielleicht eine Therapie. Aber was sollte er mit einem Coach anfangen? „Ihr Sender hat einen angefordert, darum bin ich hier. Und Sie können sich sicherlich vorstellen, dass beide Seiten, die Häftlinge und die Frauen, eine gewisse Zeit brauchen, um mit dieser neuen Konstellation warm zu werden. Ich mache es uns hier also allen kuschelig. Ein wenig Anleitung wirkt da Wunder. Das ist der Schlüssel zum Erfolg."

„Das leuchtet mir ja noch ein, aber diese Kluft hier?" Max hielt das gestreifte Hemd hoch. Es befreite sich schwerfällig von seinen Bügelfalten.

„Die tragen wir alle. Sehen Sie's als Uniform an. Wir wollen damit ein Wir-Gefühl etablieren. Wir wollen uns hier an diesem für uns fremden Ort eingliedern und verzugslos mitmachen."

Jede Form der Korruption fängt mit einem fraternisierenden Wir an, und deine Klamotten kannst du dir sonst wo hinschieben, dachte Max. Er warf das Hemd wieder auf den Wäscheberg. „Jetzt mal im Ernst: Sie wollen mir doch nicht sagen, dass die armen Schweine hier so etwas tatsächlich tragen? In Wirklichkeit? In der Realität?"

„Sie sind doch Mäx, richtig?", fragte Timm mit einem unsicheren Lächeln.

„Leider ja."

„Die Fotoshootings letzte Woche sind großartig gelungen. Sie sind stilvoll und repräsentativ – ideale Werbung. Haben Sie sie noch nicht gesehen?"

„Nein, das ist auch unerheblich. Stilvoll bedeutet noch lange nicht, dass es die Wirklichkeit repräsentiert. Und diese bescheuerte Mütze?", fragte Max und deutete auf eine absolut peinliche Kopfbedeckung.

„Die gehört dazu. Wir müssen unserer Werbung treu bleiben."

„Ist diese Zirkusbekleidung vom nächstgelegenen Kostümverleih geklaut?"

„Mäx, warum sind Sie so negativ?", fragte Timm, scheinbar betrübt, doch die Heuchelei war nicht zu übersehen.

Max ließ sich nicht täuschen. „Ich stehe nicht auf Uniformen. Das wird's sein. Entschuldigen Sie, ist nicht persönlich gemeint. Ist wohl eher eine chronische Angewohnheit – routinemäßiger Verfall." Er ging zum Fenster, öffnete es und rauchte. „Sie wollten keine?"

„Nein danke – Nichtraucher."

„Das ist gut", sagte Max überzeugt. Er schaute Timm an. „Sie haben letzte Woche schon Fotos gemacht? Mit allen?"

„Ja, es war sehr erfolgreich – schöne Fotos."

„Aber seit wann sind die Frauen hier?", fragte Max zögernd.

„Seit zwei Wochen." Timm legte Max' Häftlingshemd ordentlich zusammen.

Max war verblüfft. „Bitte, was? Seit zwei Wochen? Ich dachte, heute sei der Anreisetag."

Plötzlich ertönte ein lautes Geräusch. Die eiserne Zellentür wurde geschlossen. Max schaute auf seine Armbanduhr. Das Türschloss knackte zweimal laut.

„Ist es denn schon 22:00 Uhr?", fragte Timm in einem unbegründet ruhigen Ton.

„Scheiße!", bestätigte Max die Frage und sprang wie von der Tarantel gestochen auf. Er stolperte zur Tür, hämmerte mit den Fäusten gegen die eiserne Barriere.

„Das ist zwecklos, Mäx“, beruhigte Timm, während Max gar nicht daran dachte, aufzuhören. „Der Wärter ist schon zwei Türen weiter.“

„Scheiße! Hallo, hey, mach die Scheißtür wieder auf!“, brüllte Max die massive Tür an. Weder sein Treten und Trommeln noch seine verbalen Entgleisungen stießen auf Gehör. Nichts drang nach außen. „Meine Fresse noch mal, das kann doch nicht sein, als hätte ich die Scheiße gepachtet!“

„Wo wollen Sie übernachten?“, fragte Timm grinsend.

Max war so wütend, dass er kurz sprachlos war. Innerlich detonierte er gleich mehrfach. *Wo …?* „Die Frage ist wohl eher, wo Sie schlafen möchten, wenn nicht in meiner Zelle? Ich versichere Ihnen, dass Sie hier nicht übernachten werden, selbst wenn ich die Tür persönlich eintreten muss!“

„Das wird nicht gelingen, Mäx. Ich habe es schon selbst versucht. Unter uns, beim abendlichen Herumstreunen im Gebäude wurde ich auch schon versehentlich in einer falschen Zelle eingesperrt.“ Timm stand auf und setzte sich an den Schreibtisch. „Ich überlasse Ihnen das Bett.“

„Wie großzügig! Es war bereits mein Bett. Danke!“ Max ließ von der Tür ab und warf sich aufs Bett. „Was jetzt?“

„Es ist noch nicht Zeit zum Schlafen. Plaudern wir bis dahin“, schlug der Coach vor. Er schien es ernst zu meinen.

11

Max gab auf. Das Gespräch mit der Eisentür war sinnlos. Der Coach bot mehr Erfolg. „Wenn Sie dies als mein Coach *anordnen*, werde ich mich selbstverständlich daran halten. Sie werden wohl nicht von allein gehen, oder?“, fragte Max, während seine Lippen sich kaum merklich zu einer stählernen Linie strafften, die jeden Spaß verneinte.

„Das hier wird uns bis morgen früh beschäftigen“, erwiderte Timm anerkennend.

„Zwei Wochen? Warum sind die Kandidatinnen schon seit zwei Wochen hier? Das verstehe ich nicht.“

„Die Damen kamen an, wurden in die Abteilung Vollzugsplanung und Motivation gebracht. In den letzten zwei Wochen haben wir einen Aufnahmekurs und Persönlichkeitsuntersuchungen durchgeführt.“

„Halten Sie mich bitte nicht für dumm. Ich verstehe das alles. Das Übliche eben. Aber falls es Ihnen aufgefallen sein sollte: Das sind *keine* Häftlinge. Das sind Bäuerinnen.“

„Das ist mir schon bewusst, Mäx.“

„Ach so, und ich dachte, ich wäre der Einzige in diesem Irrenhaus.“ Max' Bemerkung war eher an sich selbst gerichtet, aber sie schadete auch nicht, wenn Timm sie hörte.

„Ich kann jetzt verstehen, warum Ihre Hörer Sie so gerne mögen. Sie sind lustig und erfrischend ehrlich.“

„Scheiße bin ich“, blockte Max den fraternisierenden Versuch ab.

„So ehrlich sollten Sie nun auch wieder nicht sein. Ist nicht gut für Ihr Selbstkonzept.“

„Danke für die Blumen.“

Timm beugte sich vor und rüttelte in kumpelhafter Manier an Max' Schulter. „Mäx, im Ernst, Sie sind die Stimme dieses Vorhabens. Vertrauen Sie Ihrem Team. Alles ist akkurat vorbereitet und wird gut laufen." Die aufbauende Wirkung blieb aus.

Hier läuft nichts aus dem Ruder, dachte Max. „Timm, im Ernst, ich werde Sie an Ihre weisen Worte erinnern, wenn wir", *bis zu den Knien im Blut stehen und dumm aus der Wäsche gucken! Das ist ein Versprechen*, „ach nichts."

„Sind Sie zurzeit gestresst?", fragte Timm.

„Keineswegs, so bin ich immer." Max verzog unnatürlich die Augen.

„Vielleicht sollten Sie sich etwas mehr auf das vor uns Liegende konzentrieren. Bringen Sie sich ein."

„Mehr persönliche Verbindung ist in meinem Fall nicht möglich. Meine Erfahrung zeigt, dass solche Diskussionen meist zu nichts führen." Max schaute auf seine Uhr und deutete an, dass es Zeit war, den *beschissenen* Abend zu beenden.

Der Morgen war nicht besser. Er erwachte in der alten, fremd riechenden Bettwäsche. Der markante Geruch des eigentlichen Zellenbewohners hing im Kopfkissen. Und dann saß Max aufrecht im Bett und hätte kotzen können. Das alarmierende Zeichen für seine mangelnde Durchsetzungskraft war der beengte Platz in dem schmalen Bett. Der ansonsten aufmunternde Kaffee wurde mühelos ersetzt. Dieser Anblick machte hellwach. Und das einsetzende Gefühl, die Wärme, ließ dies schlagartig geschehen. Timm hingegen schlief tief und fest, eng an Max gedrängt. *Ich bringe ihn um und bleibe gleich hier,* war der erste sinnvolle Gedanke, der ihm aufkam. „Das kann doch nicht wahr sein!" Er fiel so abrupt und lautstark zurück, dass es den Coach hätte wecken sollen. Er rüttelte ihn und brüllte: „Hallo! Aufwachen!" Als nichts half, kletterte er rüde über Timm hinweg, wobei er absichtlich schmerzhafte Stellen traf. Es war zwecklos. Max kontrollierte die Tür erneut und fand sie unverändert verschlossen. Er ging zum Fenster, um seine Guten-Morgen-Zigarette zu rauchen. Draußen lag Raureif auf den Gitterstäben. Es war kurz nach fünf Uhr. Mit brennender Zigarette setzte er sich auf das Bett, direkt auf Kopfhöhe seines Nebenbuhlers. „Herr van der Furth, Timm, Sie müssen jetzt aufstehen", sprach er ihn mit sanfter, rauchiger Stimme an. „Ich hoffe, Sie haben gut geschlafen. Ich glaube, man bringt uns gleich das Frühstück." Er wollte nicht aufgeben, bis er wach war. Nach kurzer Zeit stammelte Timm und wandte sich von der Bettkante ab. Max passte seine Position an und fütterte ihn weiter mit Zigarettenqualm.

„Guten Morgen", sagte Timm plötzlich mit brüchiger Stimme.

„Ach, guten Morgen", gab Max freundlich und mild zurück. Die Scheinheiligkeit der eigenen künstlich hellen Stimme tat ihm weh. „Timm, Sie müssen jetzt aufstehen."

„Nur noch ein paar Minuten, bitte."

„Das Frühstück kommt jeden Moment", sagte Max sanft. Das weckte den Coach endgültig auf.

„Sie rauchen schon wieder", hörte Max bei seiner Rauchattacke. „Wir frühstücken doch im Saal. Seit wann bringen die uns was?"

Das veranlasste Max, seine Strategie zu ändern. „Natürlich bringt uns keiner das Essen!", brüllte Max wütend. „Das ist hier kein Fünf-Sterne-Restaurant! Die Tür ist verschlossen, man hat uns vergessen. Und jetzt raus aus meinem Scheißbett!" Timm starrte ihn mit weit aufgerissenen Augen an. „War die Aufteilung nicht eindeutig? Ich: Bett – Sie: mir egal! Aber garantiert nicht Bett!“ Max stand nun leicht bekleidet im kalten Luftzug des Fensters.

„Es tut mir sehr leid, wirklich. Ich hatte es zunächst auf dem Boden versucht, aber ...“, Timm saß jetzt auf der Bettkante, rieb sich das Gesicht, „das war dann doch etwas zu zugig, ganz abgesehen davon, dass es ziemlich unbequem war.“

„Ich verstehe nicht, warum dies mein Problem sein sollte. Außer, dass Sie es zu meinem gemacht haben. Danke! An einem solch romantischen Wintermorgen hätte ich mir nichts Schöneres vorstellen können!“ Max sammelte die wenigen Kleidungsstücke zusammen, die er sich in Anwesenheit dieses Störenfriedes auszuziehen erlaubt hatte.

„Wollen Sie als Erster an das Waschbecken, Mäx?“

„Tun Sie sich keinen Zwang an!“, fauchte Max, der das langsame Morgengrauen durch die Gitterstäbe beobachtete. „Als ob Sie das bis jetzt getan hätten“, flüsterte er als Zugabe.

„Mäx, stellen Sie sich doch nicht so an. Wir haben es doch beide überlebt, nicht wahr? Keiner ist erfroren, das ist das Wichtigste.“ Timm belagerte nun das zierliche, in die Ecke gezwängte Waschbecken. „Löffelchen hat Menschen schon das Leben gerettet.“

„Wo wird gefrühstückt?“, fragte Max beiläufig.

„Im großen Speisesaal, wie immer“, antwortete Timm. Max hoffte, dass sich die Tür bald öffnen würde, sonst würde er Timm durch die Gitter pressen. „Das Frühstück ist beeindruckend. Selten habe ich so reichhaltig gefrühstückt. Man sollte länger bleiben.“ Max schloss das Fenster und beendete seinen Tagtraum vom freien Fall aus dem zweiten Stock.

Er hatte kaum mehr als eine Katzenwäsche hinter sich, als ein lautes Knacken die Zelle von ihrer nächtlichen Isolation erlöste. Die Tür schwang auf, und Max zog sie samt dem Schlüssel und dem Schließer, einem jungen, unbekannten Mann, in die Zelle. Er musterte das neue Gesicht mit einem bösen Blick. „Wer sind Sie?“, fragte Max.

Der Schließer erwiderte seinen Blick überrascht. „Sind Sie zu zweit?“

„Ja, lassen Sie mich zählen! Eins, zwei! Ja, das stimmt.“ Max fuhr sich über seine Kleidung.

„Ich bin die Frühschicht“, sagte der junge Mann.

„Dann richten Sie der Nachtschicht einen Gruß von mir aus“, fügte Max hinzu, obwohl er wusste, dass der Junge nichts an der unangenehmen Nacht ändern konnte. Es war frustrierend.

„Fred? Hat er Sie hier eingesperrt?“ Der junge Vollzugsbeamte sah sich in der engen Zelle um. „Das war sicher keine Absicht. Sein Gehör ist nicht mehr das Beste. Das Verschließen der Türen dient Ihrer Sicherheit. Er hatte es auf jeden Fall gut gemeint.“

„Gut gemeint ist das Gegenteil von gut“, sagte Max, seine Stimme nun etwas ruhiger.

„Ich entschuldige mich für meinen Kollegen. Die Routine“, sagte der Beamte und streckte Max die Hand hin. „Und Sie sind Mäx! Ich höre Ihre Morning-Show immer, wenn ich Frühschicht habe. Arbeit und Vergnügen gleichzeitig. Ich hatte Sie mir älter vorgestellt!“ Mit diesem Satz drohte beinahe sämtlicher Frust von Max zu verschwinden.

„Radio verändert die Stimme.“

„Ich habe Ihnen gesagt, niemand meint es böse. Keine böse Absicht. Verstehen Sie es als Spaß“, sagte Timm, der die neue, besänftigende Stimmung sofort für sich nutzte. Auch Max konnte sich ihr nicht mehr entziehen.

„Entschuldigung“, sagte Max verlegen zum jungen Schließer, „aber eine Nacht mit Ihnen, *Coach*, zählt für mich definitiv nicht als Spaß.“

„Ich denke, wir sollten jetzt gehen. Wir haben uns das Frühstück verdient, besonders Mäx“, fügte Timm hinzu, grinste und ging am Vollzugsbeamten vorbei, der noch immer an der Tür stand. „Ach, Mäx, vergessen Sie nicht angemessene Kleidung! Ich warte draußen.“

Max stoppte seinen Fluchtgedanken, sah auf den Schreibtisch, auf dem die Häftlingskleidung lag, die weder ihm noch Timm passte. Er bedauerte, ihn nicht doch durch die Gitterstäbe gedrückt zu haben. Es wäre vermutlich als Notwehr durchgegangen.

Noch gar nicht in Reichweite

Ursula ist neununddreißig Jahre alt und kommt aus dem etwas entlegenen Hinterland, nur wenige Autostunden entfernt. Die vielseitige Pferdewirtin Ursula betreibt dort auch gemeinsam mit ihrer Familie einen Bauern- und Reiterhof, einen Laden mit eigenen Hofprodukten sowie einen kleinen Kiosk mit umfangreichem Speiseeissortiment.

In ihrer Freizeit unternimmt Ursula lange Ausritte durch die Natur. Wenn sie nicht gerade ausreitet, fährt sie aber auch gerne mit dem Auto, wobei ihre Familie sie auch gerne mal begleitet. Ursula wünscht sich einen humorvollen und ehrlichen Mann an ihrer Seite, der sie auf dem Hof unterstützt und mit dem sie eine Familie gründen kann.

Wirst du von Bäuerin Ursula gefunden?

12

Gestern.

Auf der Herfahrt.

Je mehr Max eingeweiht wurde, desto mehr fragte er sich, was schlimmer war: dass der Freiwillige zwei Hände besaß und sie zu gebrauchen wusste oder zwei Frauen an einen überzeugten Mörder gekettet werden sollten. Trotz seiner Vergangenheit fand er den zweiten Aspekt deutlich fragwürdiger. „Le trio infernal", schoss Max durch den Kopf und geradewegs aus seinem Mund, als Paul ihm Ursulas Porträt wieder vor den Augen wegzog.

„Ist schon ein wenig in die Jahre gekommen. Also, wenn ich nicht wüsste, dass unsere Hörer für diesen perversen Spaß verantwortlich sind, dann müsste ich glatt vermuten, dass hier der Teufel mit im Boot sitzt", stellte Paul fest.

„Davon kannst du ausgehen. Wer ihn so einladend an den Tisch bittet, sollte sich nicht wundern, wenn er dankend annimmt."

„Ich finde Ursula nett. Sie nicht auch, Herr Samner? Ist halt schon ein wenig länger auf dem Markt." Paul hielt Samner die Fotografie ebenfalls vors Gesicht. „Chic, was?"

„Ich bin bereits vergeben", antwortete Samner unbeeindruckt. „Oder wollen Sie mich in die Show einbeziehen?"

„Wir haben sicher Platz für Freiwillige. Und wenn jemand abspringt, verlegen wir die Sendung zur Polizei", erwiderte Paul. Jetzt war Max sich absolut sicher. Wenn diese Chose stattfand und niemand versuchte, sie zu verhindern, waren sie gewaltig am Arsch. *Mäx* war vollauf begeistert. In seinem Element. Und auch dieser Zwiespalt war nicht nur fragwürdig, er war gefährlich.

„Herr Samner, wie? Sie möchten nicht teilnehmen? Sie sind doch bereits mittendrin.“

„Vielleicht. Allerdings nur in dem Umfang, den ich verantwortungsvoll vertreten kann. Ihr Vorschlag überschreitet jedoch deutlich meine Zuständigkeiten.“ Samner presste sich wieder in seinen Sitz und verschränkte die Arme. „War hier nicht ein Tempolimit?“

„Sie können das hier unter Garantie nicht verantworten“, sagte Max. „Und im Übrigen: Nein, hier gilt kein Tempolimit.“

„Ich kenne die Strecke“, bemerkte Samner beiläufig.

„Ich auch. Und sollten Sie ein Schild sehen, dann wäre ich Ihnen zu Dank verpflichtet, mir einen Hinweis zu geben.“ *Steig aus und sieh nach!*

„Ich werde Sie daran erinnern, wenn ich ein Verkehrsschild sehe, in Ordnung?“ Samner grinste, während er die zu schnell vorbeiziehende Leitplanke zwanghaft musterte.

„Meine Herren, spüre ich da etwas wie Zuneigung?“, fragte Paul leise.

„Wohl eher Vertrautheit, nicht wahr?“, ergänzte Samner mit klarem Verstand und einem leichten Lächeln.

„Ja, Vertrautheit, das wird es sein. Aber während wir hier warten, könnten Sie meinem Assistenten ein wenig mehr über unseren Freiwilligen erzählen, im Rahmen der Vertrautheit.“

„Was gibt es da viel zu erzählen? Steht doch alles in Ihrer Radio-Vita, oder? Ich glaube allerdings, dass Sie dafür besser geeignet wären, Herr Mathey.“

„Mäx, was hat es denn jetzt mit dir und unserem Richard auf sich, he?“, stocherte Paul unbeirrt.

„Nichts hat es mit mir und diesem Subjekt auf sich, verstanden“, fauchte Max, ohne die Straße aus den Augen zu verlieren.

„Sie sollten Ihr Nachhaken auf einen späteren Zeitpunkt verlegen. Bedenken Sie, wir fahren mit deutlich überhöhter Geschwindigkeit." Samner flüsterte die Worte nach hinten.

„Tun wir nicht", Max weigerte sich, nachzugeben.

„Bei dieser Geschwindigkeit wäre ein Unfall fatal", fügte Samner monoton hinzu.

„So, Paul! Deine sauber erstellte Vita ist nicht korrekt", sagte Max. „Ich glaube, da kann mir Herr Samner zustimmen."

„Da muss ich tatsächlich zustimmen. Wenn Sie eine stimmigere Darstellung gewählt hätten, dann könnte er sich ja gar nicht mehr vor Frauenarrangements retten." Samners Tonfall war flach.

„Ach, so schlimm, ja?", schob Paul dazwischen.

Du wirst dir noch früh genug wünschen, es wäre alles anders. „Du weißt gar nicht, auf was du uns da eingelassen hast", sagte Max.

„Sagen wir es so, Richard hat mit seinen Opfern Experimente gemacht. Und die drei von Ihnen erwähnten gescheiterten Mordversuche sind auch nur deshalb gescheitert, weil sein Experiment tatsächlich funktioniert hat. Zumindest so lange, bis es von staatlicher Gewalt unterbrochen und die Opfer gerettet wurden", verkündete Samner mit einem leichten Hauch von Stolz.

„Zumindest das, was von denen noch übrig war." Max setzte zum Überholen an. „Selbst die Schnabeltasse ist diesen armen Schweinen heutzutage eine Nummer zu hoch, wenn ich das richtig verfolgt habe."

„Eine Reizelektrode im Hirn richtet halt bleibende Schäden an", vervollständigte Samner wie selbstverständlich. Sachlich. Eben polizeilich distanziert. Diese Hände richten bleibende Schäden an.

13

Die Drei-M-Morning-Show.

Mäx war nicht nur ein Beruf. Mäx war ein dämlich dreinschauendes Lächeln, eine chronische Berufskrankheit. Einmal infiziert, kam man nicht wieder raus.

„Wir wünschen einen guten Morgen! Wenn Sie es bis jetzt noch nicht aus den Federn geschafft haben, dann lassen Sie sich sagen: Es ist 7:14 Uhr!", posaunte Manuela mit freudig piepsiger Stimme ins Mikrofon.

„Welche Seite zeigt uns das Wetter heute, Manuela?"

„Es wird unsere Hörer heute nicht enttäuschen und vor sich hin regnen, so wie es hier im Norden üblich ist. Für diejenigen, die keine dringenden Verpflichtungen haben, wäre es besser, zu Hause zu bleiben."

„Ja, Manuela", sprang Maik ein, „alle, die es heute Morgen durch den Elbtunnel treibt, werden wie jeden Morgen schlecht gelaunt bei der Arbeit ankommen. Unser Staumelder Ingo ist gerade mittendrin statt nur dabei. Ingo, wie läuft's, oder auch nicht?"

Ein Knistern und Rauschen, dann meldete sich Ingo mit schlechtem Empfang: „Ja, guten Morgen, Ingo hier. Ich stehe gerade wieder. Die Elbtunnelröhre ist wie immer brechend voll. Mein Tipp an alle: weiträumig umfahren."

„Danke, Ingo, ich hoffe, du telefonierst in einer Stopp-Phase." Maik schaute fordernd zu Manuela hinüber. „Denken Sie auch an die Baustelle auf der A1. Das müssen wir noch bis zum 17. Dezember aushalten. Wir wünschen dennoch eine gute Fahrt. Manuela!"

Manuela spielte den Jingle ein: *Radio 1-1-0, der Sender, der auch für Sie da ist, wenn der Notruf mal besetzt ist!*

„Für alle, die jetzt erst wach werden: Es wünschen Ihnen einen guten Morgen …"

„… der Maik!"

„… die Manuela!"

„… und natürlich, wie immer, Ihr Mäx!"

Max' Stimme war leicht und frohsinnig, doch er konnte das dumme Grinsen, das sich unwillkürlich auf seinem Gesicht ausbreitete, nicht unterdrücken. Die beiden anderen Moderatoren grinsten stumm mit ihm, aber niemand konnte es so perfekt wie er.

„Und jetzt gleich ohne Umschweife zu dir, Mäx. Was Neues, in eigener Sache, wie? Tu bloß nicht so, mein Lieber!", lachte Manuela, „Du weißt doch genau, weshalb wir heute extra Sendezeit bekommen haben. Erst wochenlang krank und dann auch noch der treuen Zuhörerschaft die Musik streitig machen!" Sie klopfte ihm lautstark auf die Schulter, was nur möglich war, weil sie kaum auf den Abstand achtete, den die schwebenden Mikrofone zwischen ihnen vorschrieben.

„Wochenlang? Höchstens drei Tage, nicht mehr!", verteidigte sich Max.

„Die Drei-M-Morning-Show ist halt nicht stilecht ohne dich", sagte Maik.

„Ich hatte eine Erkältung, liegt wohl am Wetter", entgegnete Max.

„Ihr Männer, Grippe, Erkältung, das war bestimmt eher ein leichter Schnupfen", spottete Manuela.

„Lass Mäx in Ruhe. Gut, dass du wieder da bist, ich hoffe, gesund?", fragte Maik.

„Es geht wieder. Ich trinke zurzeit eine Menge Tee. Kann ich nur wärmstens empfehlen."

„Dann gehen wir mal ans Eingemachte“, sagte Manuela. „Du kriegst deine eigene Show! Mal wieder, unser Mäx!“

„Der Kelch wird auch dieses Mal nicht an mir vorübergehen. Neidisch ihr beide, was?“

Maik lachte ins Mikrofon: „Nein, nein, aber deine lieben Kollegen dürfen hier jetzt für dich Werbung machen. Schämst du dich nicht, Mäx?“

„Aber ich bleibe euch doch erhalten. Keine Drei-M-Morning-Show ohne Mäx, also, ich bitte euch.“

„Na dann, worum geht es in der neuen Show, Mäx?“

Max zuckte mit den Schultern: „Manuela, ich weiß vermutlich nicht viel mehr als du.“

Maik drückte einen Knopf auf seiner Konsole. Eine Stimme ertönte: *„Radio 1-1-0, die letzte Rettung für Singles mit Problemberufen, lässt sehnsüchtige Wünsche wahr werden. Handfeste Bäuerin findet dingfesten Bruder! Wir erkämpfen für Sie das Lebenslänglich, bis dass der Tod Sie scheidet. Sie kommen vom Lande und suchen etwas Dingfestes? Dann bewerben Sie sich noch heute auf unserer Homepage!“*

Max staunte nicht schlecht, dass man diese Ansage auch als Sprechgesang vortragen konnte. „Der Chef wollte etwas Neues“, bemerkte er, als die Musik auslief.

„Das hört sich tatsächlich nach etwas Neuem an“, sagte Manuela.

„Ja, wirklich, man könnte schon beinahe neidisch werden“, ergänzte Maik. „Nun, Mäx, jetzt plaudere doch mal aus dem Nähkästchen.“

Max wandte sich ans Mikrofon: „Euer Mäx geht ins Gefängnis! Aber nicht allein. Die ausgewählten Damen – ihr werdet es sicher bereits erraten haben: Es geht wieder einmal um Bäuerinnen – werden mich begleiten. Und wenn auch die

Liebe mit dabei ist, dann sollte etwas Hand- und Dingfestes dabei herausspringen."

„Also eine Kuppelshow, mal anders!", rief Manuela.

„Genau, Kuppeln mal anders! Und wie ich gehört habe, rennen uns die Zuhörerinnen und Zuhörer seit letzter Woche die Homepage ein. Damit bist du wohl zum Erfolg verdammt, Mäx."

„Du gehst in ein echtes Gefängnis, ja? Ich hoffe, die lassen dich auch wieder heraus", scherzte Manuela und klopfte Max auf die Schulter. Es grenzte an ein Wunder, dass sie bei der ganzen Technik überhaupt traf.

„Wird knapp, aber ich hoffe eher, die Damenwelt lässt auch noch ein paar von den schweren Jungs übrig. Wir wollen keine Arbeitsplätze gefährden."

Die Musik setzte ein. Maik verabschiedete sich: „Dann alles Gute für die Show!"

„Ja danke, wird bestimmt super, aber das liegt ja an Ihnen, liebe Zuhörerinnen und Zuhörer."

Manuela schob noch eine letzte Verkehrsmeldung ein: „Im Stadtgebiet von Hamburg ist die Glashütter Landstraße nach einem Unfall gesperrt. Wir hoffen, es war nur ein Blechschaden und machen jetzt weiter mit Musik – der besten, der neuesten und der angesagtesten im Norden! Von den Achtzigern bis Morgen!"

14

Der zweite Tag.

23. November, 8:40 Uhr.

Das Frühstück entsprach nicht seinen Erwartungen. Es war reichhaltig, aber ein gut geführter Haushalt bot mehr. Max hatte schon schlechter gegessen, das musste er zugeben. Objektivität, dachte er, während er in seinen Raum trat. Seine journalistische Tugend, sein journalistisches Restniveau. Das sollte ihn jetzt allein mit dem freiwilligen Insassen konfrontieren. Die schwere Tür schlug zu. Max hörte zwei Klicks und ein Gitter schloss sich. Doppelte Sicherheit, bestätigte er sich und blickte sich um. Diese Gefängniszelle war nicht einfach eine Zelle, sondern ein beklemmendes Kellerverlies. Das einzige Licht kam von einer flackernden, surrenden Neonröhre, deren grelles, gelbliches Licht die Feuchtigkeit auf den dunkelbraunen Wänden unheilvoll glänzen ließ. Der modrige Geruch von altem Beton und Schimmel lag schwer in der Luft und vermischte sich mit dem metallischen Geruch von Rost. Kalter Zigarettenrauch schwang auch noch mit. In der Mitte stand ein massiver, quergestellter Tisch, dessen Beine im Boden verankert waren – ein stummer Zeuge der Brutalität. Die kargen, kahlen Wände und der fehlende Ausblick ließen den Raum wie ein Grab wirken, in dem kein Hoffnungsschimmer überleben konnte. Der Tisch trennte Max von seinem Gegenüber, und eine kleine Luke auf Augenhöhe öffnete sich in der Tür hinter ihm.

„Ist bei Ihnen alles in Ordnung?“, fragte eine unbekannte Stimme.

„Es ist alles in Ordnung bei ihm!“, rief der Gefangene mit heiserer Stimme. „Er ist noch nicht mal in Reichweite.“

„Ist bei Ihnen alles in Ordnung?", beharrte die Stimme.

„Alles in Ordnung, danke. Sie können uns jetzt allein lassen", antwortete Max ruhig und professionell. Seine Körperhaltung verriet etwas anderes. Die Luke wurde geschlossen.

„Mäx! Aha. Also das haben sie aus dir gemacht. Ein cooles, aber verblödetes Mäx. Du musst es aber nötig haben, was? Die bezahlen dich bestimmt gut dafür, oder? Ansonsten würdest du diesen Namen zu Recht tragen." Max ignorierte die ersten Worte und setzte sich auf den Stuhl. „Keine Sorge, ich bin gesichert ... *Määäx.*" Max sah auf Richards Handgelenke, die mit Handschellen am Tischbein befestigt waren. Er blickte unter den Tisch. Die Beine waren im Boden fixiert. Max prüfte den Tisch, er war stabil. Eine kurze Pause traf auf vertraute Blicke. „Hallo Maximilian, lange nicht gesehen. Gut siehst du aus", sagte der Gefangene ernst, aber freundlich.

„Hallo Rick. Nicht lange genug. Ich sehe, dein Vollzug wurde gelockert", erwiderte Max kühl.

„Zumindest hast du deinen guten Humor noch."

Max sah sich provokativ um. „Schön hast du's hier."

„Man nimmt, was man kriegen kann. Ist eine ruhige Lage. Der Besucherstrom ist übersichtlich. Ich habe das Fernsehen angeschrieben für eine neu eingerichtete Zelle mit helleren Wänden und etwas Dekoration. So etwas gibt es doch noch, oder?"

„Auch wenn ich deinen Worten nicht viel Gewicht zuspreche: Ja, es gibt noch immer solche Sendungen. Du bist also noch nicht lange genug weg vom Fernseher."

„Hab ich's doch gewusst!", platzte es aus Rick heraus, und ein breites Grinsen entblößte seine Zähne. „Meine Post verlässt dieses Irrenhaus nicht. Sie verrottet vermutlich in einer Zelle nebenan."

„So wird's sein", sagte Max emotionslos.

„Und bei euch? Beim Radio? Gibt es so etwas wie eine Einrichtungsshow? Meine Zelle könnte das gebrauchen."

„Nein, und deshalb bin ich nicht hier."

„Ja, stimmt, du bist ja wegen etwas ganz anderem hier. Wegen etwas viel Niveauvollerem. War mir glatt entfallen. Für dieses abartige Mäx bezahlen sie dich aber, oder?"

„Ja, sie bezahlen mich dafür."

„Hört sich trotzdem jämmerlich und abgewrackt an. Aber das ist vermutlich nur meine Meinung. Wenn es deinen fehlenden Stolz nicht zu sehr kränkt, dann bleibe ich bei Maximilian."

„Wenn es dich glücklich macht, dann tu das. Mir egal."

„Und du hast mir also Frauen mitgebracht. Endlich mal was Aufbauendes an diesem tristen Ort. Wird auch Zeit. Ich könnte schwören, dass ich ihren lieblichen Duft bis hier unten riechen kann. Ist vielleicht auch Einbildung, Vorfreude? Ich weiß nicht so recht, aber beides gefällt mir." Rick hatte nun eine bequeme Sitzposition eingenommen. Seine Arme hingen straff gespannt zwischen Schultern und Tischkante.

„Apropos Niveau: Meinst du, die Frauen stehen auf festgekettete Typen wie dich?", fragte Max, seine Bemerkung wie ein spitzes Lächeln.

„Es gibt sicherlich Frauen, die auf solche Praktiken stehen." Rick schien Max' List mit der ersten Silbe verstanden zu haben. Er gab Max kein Erfolgserlebnis. Trocken und sachlich, aber freundlich, erwiderte er: „Ich vermute, und ich mag mich irren, dass es für eine solch schwächliche und obendrein noch im Schlafanzug gekleidete Figur wie dich gerade noch reichen wird. Oder meinst du, die Weiber sind blind? Also bitte, zieh dir erst einmal etwas Ordentliches an, bevor du deinem älteren Bruder mit Niveau kommst. Ich weiß nicht, was sie dir zahlen, aber es muss eine ganze Menge sein, um derart bekloppt und gestreift durch die Öffentlichkeit zu schlendern!“

15

Rick hatte es geschafft, und Max war sprachlos. Die Stille, die folgte, war noch erniedrigender als sein verkleideter Auftritt in Streifen. Rick hatte ein Talent dafür. Vielleicht war es die Verbindung zwischen Brüdern, die Max in diesem Ausmaß immer gefehlt hatte. Für ihn war es immer eine Einbahnstraße gewesen, er konnte seinen Bruder nicht gleichermaßen beeinflussen. Während Rick zugeschlagen hätte, hätte Max gelacht, oder wäre beleidigt gegangen. Beides nicht vorbildlich, aber zumindest weniger gewalttätig. Es war der mitfühlende Blick, die fehlende Boshaftigkeit in Ricks Worten, die es unmöglich machte, diesen Menschen zu hassen und Max daran hinderte, zu entkommen. Jedes Mal. Auch jetzt.

„Keine Angst, auch du wirst noch in den Genuss kommen, unserem Trachtenverein beizutreten." Rick zerrte an seinem Gewand. Sein abwertender Blick verwandelte sich in ein freundliches Lächeln.

„Ich habe so etwas vermutet, Maximilian. Auch ich habe hier unten nicht immer alles im Griff – keine Ahnung, warum."

„Wirklich? Wer hätte gedacht, dass ausgerechnet du mal all-inclusive in so einem Etablissement kriegst – unglaublich." Max unterdrückte sein Lächeln, konnte es aber nicht ganz verbergen, als Rick laut loslachte.

„Ich versuche bereits von Anfang an, die anderen mit meiner freundlichen Art zu überzeugen. Ich glaube, ich mache Fortschritte."

„Wie geht es dir?", fragte Max leise und ohne Kontext.

Rick war überrascht. Das Lachen verstummte. „Mir?"

„Wem sonst?“, fuhr Max dazwischen, seine Stimme wurde schärfer. „Es dürfte mir scheißegal sein, wie und wo du verrottest! Ich weiß nicht, warum mich das interessiert! Gibt es dafür einen Grund? Ich glaube kaum!“ Max erhob sich, stützte sich mit beiden Armen auf den Tisch und trat den Stuhl lautstark nach hinten. Er verlor Rick nicht aus den Augen.

„Willst du eine rauchen?“

„Was bitte?“ Max schaute von oben auf Rick herab.

„Du wirkst gestresst. Vielleicht findest du einen Aschenbecher hier, die Wärter rauchen auch immer.“ Rick deutete auf seine Handfesseln. „Sie dürfen oben wohl nicht rauchen oder das Wetter passt ihnen nicht, also kommen sie hierher.“

„Nein danke.“ *Komm zum Punkt, Max! Komm zum Punkt!*

„Das wird dann wohl nichts“, sagte Rick ohne sichtbare Reaktion auf Max’ Darbietung. „Übrigens: Ich war immer interessiert. Wir betrachten es aber offenbar aus unterschiedlichen Perspektiven, oder?“

„Oh ja, sicher, war mir schon fast entgangen! Nur hinterlässt du unbeschreibliches Grauen, was es wohl nur im Entferntesten trifft.“ Max lachte. Es war ein abruptes, herausgestoßenes Lachen – wie alles hier eine Missgeburt.

„Unbeschreibliches Grauen? Also bitte, du kommst hier rein, bist gekleidet wie der letzte Depp und wirst von Freunden und Kollegen verhöhnt. Nicht wahr, Mäx? Auch in deinem Radio spielst du den Clown – sie nennen dich Mäx, verlangen den Mäx, und du gibst ihnen auch noch den gottverdammten Scheiß-Mäx! Ich weiß nicht, wer mich mehr ankotzt. Wer mir als Erster zwischen die Finger geraten sollte, du oder dein geistfreies Gesindel? Da möchte man fast in Versuchung geraten!“ Rick riss heftig an seinen Handschellen.

„Na, vielleicht schaffst du es ja dieses Mal, machst es vielleicht mal selbst, musst nur ein Stückchen höher zielen! Hätte mir damals 'ne Menge erspart."

„Wie schon erwähnt, du betrachtest die Dinge aus dem falschen Blickwinkel. Ich bin zu dem Schluss gekommen, dass du viel zu kleinkariert an die Sachen herangehst. Dir fehlt der Blick fürs Ganze, weshalb wir es wahrscheinlich immer etwas schwerer haben werden, auf einen Nenner zu kommen, was ich sehr bedauerlich finde."

„Entschuldige, bitte, der Blick auf das Ganze wurde mir zeitweise durch ein Beil in der Brustgegend versperrt." Max streckte sich und ging in der staubigen Zelle umher.

„Hätte ich dich töten wollen, hätte ich das wohl auch geschafft, oder meinst du nicht?"

„Jeder verliert mal sein Glück", meinte Max gelangweilt. Sein Puls blieb anderer Meinung.

„Ich brauche kein Glück. Das ist was für Amateure. Dieser Zwischenfall sollte dir die Augen öffnen."

„Wie gesagt, ist mir wohl in dem Moment entgangen. Im Übrigen liegen die Augen höher!"

Und du hättest sie *aus dem Spiel lassen sollen!*

Alle Elemente eines Horrorszenarios waren vorhanden. Die Zelle war ein in Beton gegossener Schrei. Das Licht war nicht vorhanden, vielmehr ein flackernder Schein, der kaum ausreichte, um das spärliche Innere der Zelle zu beleuchten und unheilvolle Schatten auf die feuchten Wände zu werfen. Der Geruch von Schimmel und Verzweiflung klammerte sich an die Kehle, während die Luft so dick war, dass sie beinahe zu schneiden gewesen wäre. Max dachte an die Bäuerinnen und den passenden Blick auf die Dinge. Er wunderte sich zwar über den Missstand eines deutschen Gefängnisses, empfand es aber als gerecht, wo doch sein Bruder der legitime Bewohner dieses Lochs war. Das war der passende Blick auf die Dinge.

„Nun gut, dann lass mich deinen Blick etwas konkretisieren: Er taucht alles in Blut. Was du wohl nur schwer von der Hand weisen kannst, oder, Rick?"

„Aus einem etwas verschnürten Blickwinkel mag das so ausschauen, da gebe ich dir recht."

„Zum Glück sehe nicht nur ich das so. Sonst würdest du nicht hier sitzen. Wobei ich allerdings nicht sicher bin, ob das hier der richtige Ort ist. Eine Anstalt für Geisteskranke wäre der geeignetere Ort."

„Jetzt wirst du aber persönlich, mein lieber Bruder. Dann lass mich auch mal: Ich gehe davon aus, dass, egal wie bekloppt und einfältig und blamabel du dich auch weiter der Welt zeigen wirst, es dir nicht gelingen wird, etwas Überdauerndes zu schaffen. Ich dagegen wohl doch sehr viel eher."

„Du kennst mich nicht. Ich bin nicht du." Max lachte. Wollte sein Bruder ihm erzählen, dass seine Mordlust mehr als nur Vergnügen war? Mehr als Krankheit?

„Ich kenne dich vielleicht besser als du dich selbst, und glaube mir: Du tust es! Das liegt in den Genen. Aber lass mich dir einen Tipp geben: Du wirst es nicht schaffen, wenn du dich ihren minderbemittelten Riten anschließt, dich ihnen anpasst und zum Pausenclown abstempeln lässt. Das wirkt eher bemitleidenswert. Feigheit sollte Intoleranz hervorrufen! Dummheit muss geschlagen werden! Und das Ergötzen an Feigheit, Dummheit und die zügellose Gier nach solchen Eigenschaften gehört tunlichst ausgerottet! Und, ja, da ist Blut nun einmal unumgänglich." *Da ist er.*

„Leider gehört das nicht zu meinem Repertoire", bemerkte Max knapp und wenig fasziniert.

„Das kommt schon noch, kleiner Bruder, schneller, als du denkst. Die verarschen dich nach Strich und Faden, wie immer. In jeder Minute mehr, und du stehst auch noch dumm grinsend mit deiner bitter blöden Aufmachung in der Gegend herum. Wart's ab, Bruder, die Gene."

Stille. Nur die Neonröhre knisterte. Max lachte kalt. „Wenn ich je neidisch auf dich werde, werde ich es dir sagen, danke."

„Dann warte aber nicht zu lange, Maximilian."

„Es spielt keine Rolle, du wirst immer noch hier sein. Ich habe einen Vorschlag: Wir beide wissen, dass das alles in einem Drama enden wird." Max setzte sich wieder an den Tisch und lehnte sich zurück.

„Du solltest mich ein bisschen kennen." Rick lehnte sich ebenfalls zurück. So gut es ging.

„Eben deshalb, Rick."

„Na gut, es ist eine Option."

Schweigen. Max hatte diese Antwort erwartet, doch die Wirkung war dennoch stark. „Was willst du?", fragte Max, während er nervös auf seinem Stuhl hin und her rutschte.

„Wie? Was soll ich schon wollen?", antwortete sein Bruder scheinheilig. Der bösartige Blick ließ keine Zweifel an den wahren Absichten. *Er kann seine Natur nicht lange verbergen.*

„Hör auf, Rick. Wir beenden das hier sofort – Radio, Frauen, alles. Kein Drama mehr! Was willst du dafür?"

„Maximilian, dein Angebot ehrt mich, aber ich kann dir leider nicht helfen."

„Scheiße, du bist der einzige Freiwillige. Die ganze Sache stinkt schon, seit ich deinen Namen gelesen habe, also bitte!"

„Du tust ja so, als hätte ich hier die Kontrolle. Ich hätte sie zwar gerne, aber du überschätzt mich. Ich meinte, größer denken, aber nicht so groß." Rick lachte. Max konnte das Ganze nicht so locker nehmen.

„Du bist der einzige Freiwillige. Wenn du abspringst, dann scheitert das Vorhaben", erklärte Max nüchtern, unsicher, ob seine Worte irgendeinen Einfluss haben würden.

„Dass es überhaupt nur einen gibt, hat auch keinen abgehalten. Aber trotzdem, dein Plan klingt einfach, vielleicht zu einfach. Denk größer. Stell dir vor, du und deine Gruppe ziehen los, als ob ihr diese verrückte Idee nie hattet. Was passiert dann? Innerhalb von zwei Monaten kommt jemand anderes mit einer noch schlechteren Idee und sie verbreitet sich überall. Ob wir dieses Spiel jetzt oder später spielen, macht keinen Unterschied." Rick lehnte sich wieder an den Tisch. „Glaubst du wirklich, dass dieser Zirkus endet, nur weil ich nicht mehr freiwillig mitmache? Wohl kaum. Wenn sie spielen wollen, lass sie spielen."

„Das wird nicht passieren, ganz sicher", sagte Max und sprang auf.

Es klopfte an der Zellentür. Max und Rick sahen überrascht auf. „Ein Tourist? Einer von deiner Bande? Sonst klopft hier keiner. Herein!", rief Rick erfreut. Sekunden später öffnete sich die Tür, und ein Wärter schob Paul herein.

„Moin", sagte Paul, während der Camcorder den Käfig filmte. „Hier bist du! Ich hab dich schon gesucht. Dieser Ort ist riesig. Wir müssen zum Bus, und du musst dich umziehen für die nächste Szene. Es geht schnell. Wolltest du ohne mich anfangen?"

„Genau, aber du hast nichts verpasst. Welcher Bus?", fragte Max.

Paul ging mit seiner Kamera direkt zu Rick und blieb vor dem Tisch stehen, um eine Nahaufnahme zu machen. „Das stört Sie nicht, oder? Wir brauchen noch Einstellungen für den Livestream."

„Livestream? Habe ich eine Wahl?" Rick deutete auf seine Ketten.

„Eigentlich nicht." Paul filmte Rick weiter, ohne zu zögern.

„Maximilian, du hast es gehört, ich habe keine Wahl. Das ist unvermeidlich. Der Livestream ..." Rick sprach und sein Lachen verstärkte die Ernsthaftigkeit der Situation. Selbst Paul begann zu schmunzeln.

„Rick, bitte, hör auf damit. Egal was, hör auf", sagte er seinem Bruder in ernstem, aber ruhigem Ton.

„Keine Wahl, Maximilian, keine Wahl. Oder, Paul?" Ricks Heiterkeit war offensichtlich.

„So ist es", stimmte Paul zu, doch er hörte auf zu grinsen und fragte Max verwundert: „Rick? Wieso Rick? Hab ich etwas verpasst?"

Max ging nicht darauf ein. Rick ergänzte erfreut: „Ist ein Familiending."

„Rick?" Paul starrte nun Rick an.

„Für dich, mein Junge, immer noch Richard."

„Ja, aber Mäx? Versteh ich nicht."

Max klopfte sich den gefühlten Dreck von seinen Häftlingskleidern und ging zum Ausgang. Beim Durchschreiten der Eisentür hörte er seinen Bruder sagen: „Können wir mich jetzt wieder losmachen?", und hoffte, dass es nur ein Scherz war.

Eher ein Hauch von Fremdschämen

Bäuerin Maja ist einundvierzig Jahre alt und kommt ganz aus deiner Nähe. Maja ist die fröhliche Biene eines jeden Dorfes und eine leidenschaftliche Bäuerin, und das auch auf dem Feld der Liebe! Maja besitzt neben achtzig Hektar Landwirtschaft auch eigene Getreidemühlen und Wasserräder.

Sie liebt es, zu reisen, vorzugsweise auf einem ihrer vier Fahrräder, und hat eine Schwäche für Abenteuer. Maja hat zwei Söhne (dreizehn und neunzehn Jahre alt), die bei dem Vater leben, und sucht noch immer und jetzt erst recht den Mann, der tatsächlich zu ihr passt.

Wirst du von Bäuerin Maja gefunden?

16

Im Aufnahmebereich.

Die Kleiderkammer war ein Ort der totalen Entkleidung. Hier fiel alles, selbst die Persönlichkeit blieb nicht verschont. Das grelle, weiße Neonlicht, das von den Deckenstrahlern ausging, ließ jede Oberfläche steril und unnatürlich wirken. Der Geruch nach alten Textilien, Desinfektionsmittel und die hohe Luftfeuchtigkeit einer Wäscherei stachen unangenehm in der Nase. Ein langer, kahler Tresen trennte Max vom Rest des Raumes. An einer Wand türmten sich sorgfältig gefaltete Uniformen in unheimlich gleichen Stapeln. „War der Bus nötig? Ist das nicht übertrieben?", schnauzte Max seinen Assistenten an, der hastig mit dem Camcorder filmte. Die Kamera, ein künstliches Auge, nahm jedes Detail der unwürdigen Situation auf.

„Knallharter Knastalltag. Und im Übrigen nennt sich das im Fachjargon Gefangenentransport. Die Kamera läuft noch immer, nur so als Information." Paul fuhr mit seiner Kamera über den sterilen Aufnahmebereich der Kleiderkammer. Beiläufig schob er ein Funkmikrofon in Max' Richtung.

„Was soll ich damit, Paul?"

„Mach einen Reporter-Eindruck. Hast du das Drehbuch gelesen?"

„Vor Entsetzen hatte ich bislang keine Zeit", rief Max dem gehenden Paul nach.

„Du brauchst gar nicht so zu schreien, unnötige Kommentare schneiden wir eh wieder raus."

„Na, dann brauche ich mir ja keine Sorgen mehr zu machen, was? Bleibt wohl eher wenig für den Zuschauer übrig." Max lachte kurz, während Paul die kahle Aufnahmestation durchstreifte.

„So, Mäx“, meldete sich der Coach hinter einem der Vergabetresen.

„So, Coach. Sagen Sie, wo ist mein lustiges Karnevalskostüm geblieben? Nicht, dass ich es vermisse, aber man gewöhnt sich halt an alles – eine üble, menschliche Eigenschaft.“

„Haben Sie das Drehbuch nicht gelesen, Mäx?“

„Können Sie die Wahrheit ertragen?“

„Bitte kommen Sie kurz hierher“, sagte Timm und holte eine Ansammlung loser Blätter hervor. Er platzierte sie vor Max. „Wir werden nun die Szene ‚Empfang in der Kleiderkammer‘ aufnehmen. Hier tauschen Sie Ihre zivile Kleidung gegen die Gefängnistracht, wie es bei jedem Neuzugang üblich ist.“

„Ich dachte, ich hätte Ihnen schon den Unterschied zwischen Häftlingen und Zivilisten erklärt?“ Max ließ die Luft aus den Lungen gleiten. Es war mehr ein Entweichen als ein Ausruf. Es war nur Show, wie alles hier. Aber lassen wir das, dachte er – auch, dass er Radiomoderator war.

„Das ist nur für deinen Blog.“

„Mein was?“ *Ein Blog?*

„Dein Internet-Tagebuch. So nennen das vermutlich alte Menschen, aber egal: Die Leute wollen das sehen.“ Paul schaute Max über die Schulter.

„Ich darf mich hier also gleich noch einmal umziehen und einkleiden lassen, vor der Kamera?“

„Ja, Mäx, das ist hier üblich“, antwortete Paul direkt.

„Bist du sicher, dass die Leute das sehen wollen?“, fragte Max nüchtern.

„Im Notfall können sie wegschauen, falls es peinlich wird. Also gleich drehen wir, wie du von den Wärtern dort“, Paul wies auf zwei Wärter im Eingangsbereich, „hier hineingeführt wirst. Du kommst als Neuzugang vom Bus in die Aufnahmestation und wirst vom Kleiderkammerpersonal übernommen. Beim Foto bitte lächeln und ins Mikro sprechen. Fragen?“ Paul ließ Max mit einem breiten Lächeln zurück. Sekunden später gab er das Startsignal: „Aufnahme läuft.“

17

Die Praxis.

Max spürte das kalte, glatte Leder des Sessels unter sich. Das war sein Platz gewesen, die letzten Jahre über. Seine Augen wanderten durch die dämmerige Praxis, die im schwachen Licht des Nachmittags wie eine Ansammlung von Geheimnissen wirkte. Doch heute bemerkte er etwas Neues: die Liege, die er schon länger beobachtete. Er hoffte, sie war nicht nur zur Dekoration da. „Benutzen Sie diese Couch?", fragte Max.

„Ja, natürlich." Dr. Wendt, mit seiner beruhigenden Art, wirkte beinahe überflüssig in der Stille des Raumes. Max bemerkte, dass die Liege heute leicht verdreht war. „Wir können das gerne mal ausprobieren, wenn Sie möchten?"

Max lächelte. Eine Therapie ohne Liege war so absurd wie ein Cluburlaub, bei dem man nur den Flughafen und die Poolbar sieht. „Gerne."

„Dann versuchen wir heute mal etwas Neues." Wendt gab das Startzeichen zum Stellungswechsel.

Max setzte sich unbeholfen auf die Liege. Das Leder war überraschend kühl. „Ein neues Format?", fragte er unsicher, die Ironie seiner eigenen Worte schmeckte bitter.

„Genau, ein neues Format, Herr Mathey. Kennen Sie katathymes Bilderleben?"

„Nein, das klingt nach einem komplizierteren Eingriff", bemerkte Max belustigt und wartete auf weitere Anweisungen.

„Bitte legen Sie sich entspannt auf die Liege, machen Sie es sich bequem, schließen Sie die Augen und kommen Sie zur Ruhe." Wendt legte ein Stofftuch über die Kopfstütze der Liege, eine kleine Geste, die den Raum noch klinischer erscheinen ließ. „Hier kommt der Kopf hin. Die Schuhe können Sie anlassen. Legen Sie sich nach hinten." Max folgte den Anweisungen. Sein Arzt setzte sich mit seinen Notizen wieder in seinen Sessel. „Ich werde Ihnen eine Situation oder ein Bild vorgeben, das Sie sich dann gedanklich vorstellen. Beschreiben Sie, was Sie sehen, hören oder riechen. Wir werden dies etwa zehn Minuten lang machen. Während dieser Zeit erzählen Sie, und ich höre zu. Danach werten wir es gemeinsam aus."

Die Stille war nun noch dichter als zuvor. Der Samowar war verstummt, das Licht schien nicht mehr zu flackern. Die Welt schien sich um Max herum zu schließen. „Wie hieß das noch mal?"

„Katathymes Bilderleben."

„Hmm, kenne ich nicht."

„Deshalb machen wir es jetzt. Schließen Sie die Augen und entspannen Sie sich. Stellen Sie sich eine Wiese vor."

Eine Wiese ... Die Worte hallten in Max' Kopf nach, eine unscheinbare, fast lächerliche Aufforderung in diesem Raum der Dunkelheit und der verborgenen Ängste.

18

Der Aufnahmebereich.

„So, liebe Zuhörerinnen und Zuhörer, oder in diesem Falle nun Zuschauerinnen und Zuschauer, schneller als man denkt, landet man in der nächstgelegenen JVA. Auch mir ist dieses Schicksal nicht erspart geblieben." Max posaunte die Worte mit gespieltem Frohsinn ins Mikrofon. „Also schauen wir mal, was uns hier so blüht! Ich frage mal spontan den kräftig gebauten und vorbildlich mit der Aufschrift ‚Justiz' gekennzeichneten Herrn zu meiner Linken: Und was blüht mir jetzt?"

„Sie werden nun in die Kleiderkammer gebracht, und die Beamten der Aufnahmestation werden Sie dort neu einkleiden", sagte der Wärter mit ernster Miene.

Max lachte. „Hört sich ja recht simpel an! Ist Ihnen hier schon mal einer ausgebüxt?"

„Nein."

„Also meinen Sie, ich sollte es gar nicht erst versuchen?" Max drückte ihm das Mikro mit einem flockigen Lächeln zurück.

„Ja."

„Nun gut, hätten wir das auch geklärt." Max drehte sich zum zweiten Wärter. „Sie arbeiten schon länger hier?"

„Schon acht Jahre."

„Und es gefällt Ihnen, ja?"

„Ja."

„Ich entnehme dem, dass meine Flucht wohl auf Ihrer Seite auch keinen Erfolg haben wird. Na, dann wollen wir mal ..." Max presste dem ersten Beamten das Mikro wieder unverhofft an den Mund, „und meine Klamotten darf ich nicht anbehalten? Da gibt es keine Ausnahmen?"

„Da gibt es keine Ausnahmen. Sie erhalten Ihre Kleidung nach Ende Ihrer Haftzeit zurück."

Max trat an den Tresen. Zwei Männer in weißen Kitteln besetzten die Rückseite der Ausgabe. Dr. Best und sein Sohn lassen grüßen, dachte Max. Er reichte das Mikro auf die andere Seite. „Sieht hier ja aus wie beim Zahnarzt, wenn ich mir Ihre weißen Kittel so betrachte. Und was passiert jetzt?"

„Wir schauen jetzt erst einmal, ob Sie überhaupt hier sein dürften. Wir prüfen die Aktenlage." Der groß gewachsene Mann blätterte in einer Akte, die er zuvor demonstrativ unter dem Arm getragen hatte. „Mal sehen, ob Ihr Name bei uns auftaucht."

„Eigentlich ... bestimmt nicht."

„Da haben wir Sie ja", rief der Mann.

„Liebe Zuhörerinnen und Zuhörer, wer hätte das gedacht! Aber so ist das nun mal, wenn man seine Kollegen nicht unter Kontrolle hat."

„Mein Kollege wird Ihnen jetzt die Anstaltskleidung herausgeben. Zählen Sie mit, denn Sie müssen im Anschluss dafür unterzeichnen. Socken und Unterwäsche dürfen Sie selbstverständlich anbehalten, den Rest verwahren wir hier für Sie."

„Und das ist auch sicher?"

„Ganz gewiss. Sie erhalten jetzt zwei Arbeitshemden, eine Arbeitsjacke, einen Pullover, ein Badetuch, ein Bettlaken und die Bezüge, die Sie im Anschluss an Ihre Verwahrung wieder abgeben müssen." Der Kittelträger zählte die Wäsche auf, während sein Kollege jedes Stück auf den Tresen legte. „Sie können sich gleich hier entkleiden. Legen Sie Ihre Sachen hierher, auch Wertsachen, Ihr Handy, das wird alles von uns zurückgelegt." Er schob ein Blatt Papier über den Tresen.

„Hier noch die Unterschrift, und dann haben wir es gegenwärtig erst einmal geschafft."

„Das habe ich verstanden. Aber um den Menschen da draußen, die mich jetzt sehen können, keine Albträume zu verpassen, verlagern wir das Ausziehen hinter die Kamera. Der Sender zahlt eh schon viel zu wenig!" Max blickte direkt in die Linse. „Aber sagen Sie mir noch, wie es denn gleich weitergeht? Für unser Publikum!"

Der Beamte antwortete mit monotoner Stimme: „Umziehen – Foto – nächste Station."

Max richtete sich zur Kamera. „Sie haben es also gehört: Umziehen – Foto – nächste Station. So soll es sein." Max blieb wie eingefroren Pauls Kamera treu.

„Danke, das war's", sagte Paul nach gefühlten Stunden. „Wie, du wolltest dich nicht vor der Republik entblößen? Prüde?" Paul lachte schäbig.

„Leck mich", erwiderte Max und zeigte ihm einen unmissverständlichen Mittelfinger.

19

Der zweite Tag.

13:15 Uhr.

Max war selten so beunruhigt wie beim Betreten des Speisesaals. Der Raum war eine Enttäuschung. „Wie findest du das?", fragte Paul, der Max und den Coach in die Mitte des Raumes zog.

„Möchtest du eine ehrliche Antwort?", entgegnete Max und blickte in den dunklen Raum. „Ist das hier offiziell genehmigt?"

„Meine eigene Idee. Ich finde es recht gelungen." Paul deutete auf die hohe Decke. „Bei der Beleuchtung mussten wir einige Kompromisse eingehen. Es gibt nur Hell oder Dunkel."

„Ihr habt die richtige Wahl getroffen", sagte Max, während er Paul ansah und Timm ignorierte.

„Findest du es nicht zu dunkel, Mäx?"

„Erst wenn du deine Hand nicht mehr siehst, ist es perfekt." Max lachte und entfernte sich von den beiden.

„Sehr amüsant. Wirklich." Paul versuchte zu lächeln, verzog sein Gesicht aber eher auf eine unnatürliche Weise. „Warte! Wohin gehst du?"

„Ich werde die Szene von dort drüben betrachten." Max wich nicht von seiner Route ab. Paul eilte ihm zügig nach.

„Ich finde unser Schwedenfest sehr idyllisch", äußerte Paul, als Max sich auf einen der herumliegenden Strohballen setzte. Der gesamte Bereich roch penetrant nach Stroh, Tieren und anderen Gerüchen, die er nicht genau identifizieren konnte. *Roch so ein Bauernhof?*

„Schwedenfest? Das hast du dir ausgedacht?", fragte Max und beobachtete aufmerksam die Umgebung.

Paul setzte sich neben ihn. „Nein, nein, mach's nicht schlecht, das ist offiziell abgesegnet! Wir sind hier hinter schwedischen Gardinen, Mäx! Also? Ist doch klar." Er gab dem Coach ein Handzeichen.

Schwedische Gardinen ... Schwedenfest ... aber sicher. „Klar. Dass ich da nicht gleich draufgekommen bin. Wie dumm von mir." Max bemerkte Pauls Handzeichen nur am Rande. Sekunden später öffnete Timm die Eingangstür zum Speisesaal. Der Saal füllte sich nun mit Menschen, alle in gestreifter Kleidung. Ein Rosenmontagszug? Der Andrang hielt weiterhin an.

„Wo hast du die denn alle her?"

„Alles Statisten, extra aus der Fußgängerzone geholt."

„Hört das auch wieder auf?"

„Ja, ziemlich viele, was? Frank sagte, dass etwa sechzig bis siebzig Statisten im Bus sind, inklusive Stehplätze", meinte sein Assistent strahlend.

„Wofür brauchen wir so viele?"

„Mehr ist immer gut. Sie stellen Bekannte, Verwandte und die Knastgemeinschaft dar."

„Sind nicht bereits genügend echte Kriminelle hier?", fragte Max, während er die letzten Personen in den Saal kommen sah.

„Ja, im Prinzip schon, aber es ist einfacher mit Statisten. Mit unseren sind wir auf der sicheren Seite. Wir wählen einige aus, die dann Hand- und Fußschellen bekommen. Richard sollte ebenfalls bald eintreffen, und wir können mit Fotos, kurzen Filmausschnitten und dem Interview beginnen. Du brauchst die Statisten nicht zu interviewen, nur die Echten, also Richard. Vielleicht auch den Leiter."

„Also, ich sehe hier nichts Echtes."

„Das ist so echt, wie es sein soll und muss, und das reicht, Mäx." Pauls Augen glänzten. „Lass mich nur noch mal kurz nach dem Rechten schauen, ich bring dir dann dein Mikro. Und wenn Richard und die Damen hier sind: Let's start!" Paul rannte in die Menge und ließ Max auf dem Strohballen zurück.

„Du bezahlst die doch, oder?", rief Max hinterher.

Paul schüttelte nur den Kopf. „Die machen das alle umsonst. Ha!"

Wie nicht anders zu erwarten, dachte Max und sah die Menge der Statisten. Gib den Mitmenschen einen beengten Raum, stopfe sie darin zusammen, eingepfercht wie Vieh. Dann noch ein paar Leichtsinnige mit Kamera, Mikro und Drehbuch, und als Krönung bietest du ihnen einen waschechten und geübten Serienmörder, den sie hautnah erleben können. Was passiert? Der logische Menschenverstand würde wohl raten: Nimm die Beine in die Hand und mach 'nen Abflug. Schnellstmöglich weg. Doch was passiert hier? Nichts dergleichen. Diese Idioten freuen sich nur.

20

„So, meine Lieben!“, klang Pauls unverkennbare Stimme durch die Lautsprecher im Speisesaal. Der Menschenandrang schwieg. Max hatte von seinem hinteren Sitzplatz aus keinen Blick auf Paul. Das Schwedenfest hatte alles fest im Griff. „Vielen Dank, dass Sie uns heute unterstützen. Wir sind jetzt vollzählig und können beginnen. Im Namen von Radio 1-1-0 und Mäx, der heute hier ist, begrüße ich alle! Ein Applaus für Mäx!“ Max sank unauffällig auf seinem Strohballen zusammen, doch die aufgebaute Heiterkeit entlud sich in einem lauten Applaus. *Ich könnte kotzen! Bitte lächeln, Mäx, bloß lächeln!* „Die Situation ist einfach: Dies ist eine kleine Feier, und Sie sind unsere Gäste. Getränke stehen bereit, bedienen Sie sich, unterhalten Sie sich und lachen Sie miteinander. Wir brauchen gute Laune. Bitte verteilen Sie sich im Raum und nicht alle sitzen.“ Pauls Ansage stoppte kurz, und die Leute schauten sich um, um einen der wenigen Sitzplätze zu finden. „Dieser Mann hier ist Timm. Bitte beachten Sie ihn, wenn er sich in Ihrer Nähe aufhält. Er wird Ihnen gelegentlich Anweisungen geben. Falls Mäx Ihnen eine Frage stellt, antworten Sie ihm bitte ohne Zögern.“

Es wird wohl Zeit. The same procedure. Max stand auf und kämpfte sich durch die Menge. „Danke, dürfte ich mal, danke.“ Er schnappte sich Pauls Mikrofon. „Moin, moin!“, rief er. Ein weiterer Applaus füllte den Raum. Jetzt war es offiziell. Er heizte das Ganze an. „Wie mein Assi schon sagte, keine Scheu, ganz natürlich. Sie fragen sich sicher, warum wir vom Radio eine Kamera mitschleppen, machen wir's kurz: Ich weiß es auch nicht. Aber das Wichtigste: Sie finden sich vermutlich irgendwann im Internet wieder, keine Angst, alles jugendfrei.“ Max gab das Mikro zurück, verblieb aber im Zentrum der Menge und schenkte jedem Gaffenden ein breites, dummes Grinsen.

„Genau, alles jugendfrei, hoffen wir mal, was?“, Paul schlug Max auf die Schulter. „Diejenigen, die eine besondere Rolle als Häftling spielen, melden sich bitte gleich hier bei Timm. Für den Rest gibt es den Startschuss zur Fröhlichkeit, wenn ich das Zeichen gebe.“

Max beugte sich zu Paul und dem Mikrofon hinüber. „Jeder sollte einen Timm haben.“ Diese Aussage löste allgemeines Lachen aus. Niemand erkannte den Abgrund, der sich direkt vor ihnen auftat. Vielleicht waren sie alle auch schon einen Schritt weiter. Zehn Minuten später war Max verkabelt, und Timm gab letzte Anweisungen. Schließlich öffnete sich die Doppeltür, und die Bäuerinnen betraten den Raum: Claudi, Maja, Ursula, Gudrun, Heike und andere. Sie schlenderten herein wie bei einer Hochzeit und warteten fröhlich auf Weiteres, verkleidet als Heideköniginnen. Max war froh, das Drehbuch nicht gelesen zu haben. Er zweifelte, dass alle Frauen Bäuerinnen waren, aber warum sollte es anders sein? „Schon gespannt?“, fragte er die erste Kandidatin, die leicht kreischend antwortete: „Ja, Määx! Das sieht aus wie im Fernsehen!“

„Wir sind beim Radio“, sagte er. „Sind Sie Maja?“

„Ja, Maja, ganz einfach. Ich bin gespannt auf die Männer. Das, was wir bis jetzt gehört haben, klang vielversprechend.“

„Die Stimmung scheint gut zu sein, die Spannung hoch“, sagte Max, als er sich der nächsten Bäuerin zuwandte. Er konnte jedoch nicht weitersprechen, da die Ware den Saal betrat. Ein starker Applaus brandete auf. Paul war bereits auf die Tür fixiert. Max war ebenfalls auf den Eingang ausgerichtet. Er stapfte zur Doppeltür. Die Inszenierung, die Rick und die

Laienschauspieler ins Zentrum rückte, war gut durchdacht und kontrolliert. Die Häftlinge waren mit Hand- und Fußschellen gesichert. Ihre Schritte waren kurz und ruckartig. Jedem Häftling wurde ein Wärterpaar zugewiesen, das sie unter Applaus und im Scheinwerferlicht in den Saal führte. Paul bewegte sich zwischen ihnen und filmte. Als die Schlange ihr Ziel erreichte, winkte Paul Max heran.

Die Menschenmenge war riesig und laut. Man konnte kaum zwischen Schauspiel und Realität unterscheiden. Paul wandte sich an Max: „Wir machen jetzt ein kurzes Interview mit Rick, ähm, Richard!"

„Na, da haben wir gleich einen unserer ersten Kandidaten, Moin, erst mal!", rief Max ins Mikro. Der Hintergrund war etwas beruhigter, aber von Ruhe konnte keine Rede sein. Die Menge erzeugte ein konstantes Raunen.

„Guten Tag, aber du kannst mich Rick nennen", sagte Rick. „So war das doch unter Brüdern, nicht wahr, Maximilian?"

Max' Gesicht verzog sich zu einem wütenden Ausdruck. Er schob Pauls Kamera weg und entkam der Nahaufnahme. „Ich wäre dir sehr verbunden, wenn du diese persönliche Note lassen könntest. Es muss nicht gleich jeder wissen, dass mein durchgeknallter Bruder hier seine Einzelvorstellung bekommt!"

„Wieso sollte man sich schämen?", fragte Rick trocken.

„Vielleicht, ja, sicher", antwortete Max mit Nachdruck. *Scheiß auf ihn, er spielt mit dir!*

„Du hast recht. Ich bin nicht gerade stolz darauf, dass mein Bruder mit einem unterwürfigen *Mäx* durch die Gegend rennt, was natürlich mehr als peinlich ist. Ich habe hier einen Ruf zu verlieren. Denk doch auch mal an andere, Bruderherz", schloss Rick mit einer Belehrung, die durch sein Lächeln als völlig unglaubwürdig entlarvt wurde.

21

Manchmal fühlt man sich fehl am Platz, ohne genau zu wissen, warum. Max hatte bereits vor der Schwedenparty festgestellt, dass dieser Umstand im Abgleich mit der Umwelt zu ergründen war. Er war hier falsch, weil er richtig war – was bedeuten würde, dass alle anderen sich irrten. Wie absurd, dachte er. Entweder schauspielerten alle, oder er war verrückt geworden. Oder war er zu empfindlich? Von wegen falsch, besann er sich. Rick hatte einen Ruf zu verlieren? *Dass ich nicht lache!* Max wollte die Diskussion nicht weiterführen, da sie unprofessionell war. „Rick, ich will jetzt nichts von dir oder deinen Launen hören. Vor der Kamera heißt du Richard. Und spar dir die Kommentare, die schneiden wir sowieso raus. Hast du kein Drehbuch?", tadelte Max und wandte sich an Paul, um ihm das Zeichen zum Filmen zu geben. „Kurz und bündig, verstanden?"

„Aber ich werde dich auf gar keinen Fall Mäx schimpfen. Damit das klar ist. Da bekommt man Brechreiz."

„Na dann, willkommen im Club. Es geht weiter", drängte Max ein wenig abwesend. Die Kamera lief bereits.

Mäx: „Und? Schon auf die Damen gespannt?"

Rick: „Ist zumindest mal etwas anderes, also hier im ansonsten vorhersagbaren Alltag."

Mäx: „Richard, das kann ich mir gut vorstellen. Schon eine Idee, welche der Damen sich für dich entschieden haben könnten?"

Rick: „Das ist mir erst einmal egal. Platz genug habe ich in meiner Zelle, und ansonsten müssen wir uns eben ein wenig zusammenzwängen. Gegen enge Hitze habe ich nichts einzuwenden." Eine dreckige Lache verformte Ricks Gesicht. „War das jetzt platt und anrüchig genug, um Sendezeit zu füllen?", schob er noch provokant hinterher.

Max beendete die laufende Aufnahme mit einer Handbewegung und wandte sich an Paul und seinen Bruder. „Könntest du bitte unserem Statisten verdeutlichen, dass sein Verhalten nicht den professionellen Standards entspricht?" Paul konnte kein Wort äußern, was sowohl am feiernden Publikum als auch an Ricks durchdringendem Blick lag.

„Meine unprofessionelle Art? Ich bitte dich, Maximilian, willst du, dass ich hier mal richtig professionell arbeite? Dann darf ich mir wieder dein weinerliches Geseiere anhören, danke, nein. ‚Wie konntest du nur ... Die armen Menschen ... Du bist ein Mörder ...' Glaubst du nicht, dass mir deine Predigten ein wenig auf den Senkel gehen?"

„Du hast unser Prinzesschen hier gehört, Paul. Er will seine Hupfdohlen gleich haben. Also lassen wir das mit dem bescheuerten Interview. Den Scheiß hört sich eh keiner an." Beide blickten auf den verwirrt aussehenden Assistenten.

„Nun gut, meine Herren, oder sollte ich lieber *Mädchen* sagen? Alles muss man allein machen!" Paul machte auf dem Absatz kehrt. „Der große Mäx, der blutrünstige Rick, dass ich nicht lache, alles Mädchen", schimpfte er vor sich hin, während er sich ruppig seinen Weg durch die stehende Partygemeinde grub und auf die nebenstehenden Bäuerinnen losmarschierte. „So, du und du, ihr beide kommt jetzt mit, wir machen jetzt die Kettenszene!" Paul war jetzt eindeutig schlecht gelaunt. War Max vielleicht doch zu persönlich dabei und wurde nun zur Belastung für seinen Assistenten? Durfte Mäx sich das erlauben? Er war doch der Gute-Laune-Garant, und nur das wollten die Leute von ihm sehen: Mäx.

Der Coach kam zu der Gruppe. „Meine Damen, jetzt ist der Moment gekommen: Sie haben sich für Richard entschieden und werden mit ihm eine Woche im Vollzug verbringen, da er Ihr Traummann sein könnte.“ Max wusste, dass das Ganze nicht freiwillig aussah, und von Verliebtheit konnte keine Rede sein. Das schien die beiden Frauen jedoch nicht zu stören. Vielleicht hörten sie nicht zu oder Rick war tatsächlich ihr Typ. Max hätte wohl das Drehbuch lesen sollen, aber jetzt wollte er nur dieses Schauspiel schnell beenden. Timm zückte zwei Handschellenpaare aus seinen Gesäßtaschen und drückte jeder Bäuerin eines in die Hand: „Anlegen – bitte nur um ein Handgelenk“, erläuterte er. „Die freie Schelle kommt dann bitte jeweils an eines von Richards Handgelenken. Und jede Dame nur ein Gelenk.“

„Was soll das werden?“, fragte Max. Paul sah ihn an, als hätte er das Drehbuch nicht gelesen.

„Nun.“ Es folgte eine kurze Pause, die dem Blick mehr Ausdruck verleihen sollte. „Nur zusammen in einer Zelle hausen, gemeinsam das Essen einnehmen und gelegentliche Turteleien, wenn der andere Konkurrent gerade nicht vor Ort ist, das ist mehr als langweilig und abgedroschen, Mäx, etwas Neues braucht das Land! Die Paare, vielmehr unsere Dreiergespanne, also dieses hier, sind vierundzwanzig Stunden, die gesamten sieben Tage lang, ab jetzt, aneinandergekettet: Essen, Schlafen, Toilette, eigentlich alles. Nein: absolut alles! Wir machen ein paar lustige Fotos, den Rest besorgen die Kameras des Überwachungssystems.“

„Rest?“

„Also für unsere Internetseite. Der Hörer kann sich einloggen und vierundzwanzig Stunden lang unser Liebesglück beobachten, natürlich gegen Entgelt.“ Paul lächelte und schien sich in seiner Idee wohlzufühlen. Er hatte sich sichtlich beruhigt.

„Natürlich, klar, wie dumm von mir. Steht im Drehbuch“, entgegnete Max sarkastisch.

„Ach, hast du das Drehbuch doch gelesen?“

„Natürlich nicht! Hältst du mich für so bescheuert? Ist das rechtens, also mit dem Filmen der Privatsphäre und so?“ Max versuchte, sachlich zu wirken.

„Die Kandidaten haben unterschrieben, das zählt.“ Paul wandte sich dem Dreiergespann zu: „Wir drehen eine kurze Szene, in der Richard den Hintergrund seiner Damen beleuchtet – Arbeit, Hobby, irgendetwas Spontanes. Richard muss ja wissen, worauf er sich einlässt. Schön asozial, verrucht, peinlich. Wir müssen unseren Hörern ein Bild zum Anecken liefern. Einfach drauflos, Kamera läuft!“

Rick: „Na, alles klar?“ Die beiden Frauen lachten verlegen. „Sagt mal, wann steht man auf einem Bauernhof auf?“

Claudi: „Mein Vater und ich stehen gegen 4:00 Uhr auf, um uns um die Kühe zu kümmern. Aber manchmal schlafen wir auch bis halb fünf.“

Pferdewirtin Ursula (die Geilheit ins Gesicht geschrieben): „Bei uns kann man auch mal etwas länger schlafen, da bleibt auch mal Zeit zum Schmusen, ist nicht so wie bei den stinkenden Kühen“, suggerierte Ursula offenkundig ihre Beziehungsbereitschaft und den damit verbundenen Kampfeswillen. Das Stutenbissige schimmerte bereits in deutlichen Ansätzen durch.

Claudi: „Wir können ja mal zusammen zu Tierschauen gehen, das ist mein Hobby, ist toll“, und versuchte damit wohl, den Kampf aufzunehmen. Etwas schwach für die dauerhafte Paarungsbereitschaft einer heutigen Frau, musste selbst Max an dieser Stelle mehr als nüchtern eingestehen.

Rick: „Hast du kein Hobby mit Außenwirkung: Spannung, Spiel und *Schmusen?*" Er sprach es dermaßen abgedroschen und zweideutig aus, dass man nicht mal den dazugehörigen dümmlichen Gesichtsausdruck bräuchte, um Fremdschämen, Gänsehaut und Brechreiz auszulösen. Rick lieferte hier etwas absolut Radiotaugliches. Er wusste, was er tat: Er bediente. Er tat, was sonst Mäx eigen war. „Vielleicht irgendetwas mit Tischtanz, was Schickes, Knappes? Es ist lange her, dass ich das genießen konnte. Wir können's auch wie die Tiere treiben, so viel zum Thema Tierschauen. Haste doch bestimmt heimlich beobachtet, nicht wahr, wenn die Viecher ficken? Ist gar nicht so schwer, ich könnte da ..."

„Danke! Das reicht fürs Erste. Wir wollen *noch* jugendfrei bleiben", sagte Paul und beendete die Szene abrupt. Die junge Bäuerin sah ausdruckslos und sprachlos aus. Es war nicht zu erkennen, ob sie angewidert oder angetan war. Aber egal, was es war, ein Funke Neugierde blitzte in ihrem dumpfen Blick auf.

„Ich kann auch noch verblödeter", versprach Rick.

„Das heben wir uns für ein anderes Mal auf. Trotzdem danke, ein echtes Naturtalent", sagte Paul mit einem Lächeln.

„Meine Damen, nichts für ungut, ihr seid natürlich beide lecker." Rick schien sich für sein ruppiges Schauspiel zu entschuldigen, was auch prompt mit schmachtenden Blicken erwidert wurde.

Auf jeden Fall ein Naturtalent, aber auf einem ganz anderen Gebiet.

Ein wenig Spaß muss aber erlaubt sein

Die Drei-M-Morningshow-Legende Mäx zählt zweifellos zu den personifizierten Quotenbringern eines jeden Radiosenders und kommt gebürtig aus einem sehr weit entfernten Landstrich, fühlt sich jedoch überall dort heimisch, wo er gehört wird. Der zynische Gute-Laune-Garant Mäx, nur sein etwas älterer Bruder Richard nennt ihn Maximilian, ist beliebt bei Alt und Jung und sorgt mit seiner aufgeschlossenen und bürgernahen Art für ständige Lacher, die seinen Marktwert gegenüber dem weiblichen Geschlecht enorm in die Höhe schnellen lässt.

Nach einer mehr als erfolgreichen Karriere als überregionales Aushängeschild ist der schüchterne Mäx bereit, neue Abenteuer einzugehen. Er kann sich auch sehr gut eine neue Liebe nach dem Radio vorstellen und wünscht sich nichts sehnlicher als einen groben Neuanfang, fernab der Medienlandschaft.

Mäx steht bereit für einen gehörigen Cut!

22

Im Kellerverlies.

Die Zelle, die Paul euphemistisch als „Verlies“ bezeichnete, war ein Ort, den jeder vernünftige Mensch meiden würde. Die Wände waren feucht und kalt, von grauen Schimmelflecken übersät, die wie Karten einer vergessenen Welt aussahen. Einer zu Recht vergessenen Welt. Der modrige Geruch von altem Beton und Dreck hing schwer in der Luft, und doch hatte sich hier, in diesem Loch, eine bizarre Gesellschaft versammelt. „Und für eine Kapelle hat's nicht mehr gereicht, was?“, warf Max seinem Assistenten an den Kopf, als sich alle, Rick, seine beiden Heideköniginnen, Paul und ein namenloser Statist, in dem abgestandenen Raum zusammengefunden hatten. Die Stimmen hallten gedämpft von den nackten Wänden wider.

„Hätte ich aufräumen sollen?“, scherzte Rick und schäkerte zärtlich mit seinen zwei Herzdamen herum.

„Mäx“, begann Paul. „Not macht erfinderisch. Übrigens, das ist Pastor ... Meyer.“

„Hallo, ich bin Mäx“, sagte er und zweifelte daran, dass der Fremde Meyer hieß oder Pastor war. Aber bei seinem eigenen Namen war es auch nicht anders.

„Ich weiß!“, rief der angebliche Pastor freudig.

„Also, Paul ...“, Max zögerte. „Ist hier überhaupt irgendetwas echt? Mal ehrlich.“

„Das ist komplizierter, als du denkst, Mäx.“

„Genau, er muss größer denken“, warf Rick ein und behielt seine beiden Damen im Auge.

„Danke, genau, Mäx, du musst das Endprodukt sehen. Aber nichts für ungut, lass uns beginnen, dann kommen wir auch schneller zum ersehnten Ende." Paul wies auf den quer platzierten Tisch in Ricks Zelle, auf dem ein Aufnahmegerät mit Standmikrofon stand. „Wenn wir dann jetzt alle Platz nehmen könnten, sodass jeder nahe am Mikrofon ist."

Zusätzliche Stühle wurden in die Zelle gebracht und rasch besetzt. Paul verteilte Drehbücher. „Ich nehme an, Sie haben Ihre nicht dabei, also habe ich etwas vorbereitet. Wir spielen jetzt den Hochzeitsdialog. Es ist nur ein kurzer Text." Paul grinste, während Max ihn mit einem gleichgültigen Blick bedachte. Die drohende Katastrophe war das Einzige, woran er denken konnte. Die Gier nach genau dieser stieg mit jeder Minute, in der sein Bruder kein Blut vergoss. Er hatte alle gewarnt, doch niemand wollte auf ihn hören.

„Kein Camcorder?", spottete Max, während Paul um den Tisch schlich.

„Brauchen wir nicht. Hochzeitsfotos sind gemacht, jetzt reicht eine schlanke Tonspur."

Max war fassungslos. Obwohl? Hatte er so viel verpasst? Er wollte gehen, aber etwas hielt ihn zurück. „Habt ihr mit allen Fotos gemacht?"

„Natürlich. Jeder mit jedem."

„Tja, *Määx*, ich durfte jede mal anfassen, nicht schlecht, was?", posaunte Rick und fixierte mit seinen gefesselten Händen jeden Anflug von Eifersucht seiner ungleichen Kandidatinnen. Max' Blick wurde von dem peinlichen Anblick angezogen. Er bekam abermals Gänsehaut und spürte den Würgereiz in einer ersten zarten Welle. Das Gefühl von Kotze auf der Zunge fügte sich übergangslos in das Grundrauschen ein: anhaltender Kontrollverlust.

„Wurden alle Paarkonstellationen fotografiert?", erkundigte er sich nochmals.

„Alle möglichen, um auf Nummer sicher zu gehen. Jetzt besprechen wir die Trauung, Abschnitt für Abschnitt. Wir wissen jetzt, wofür sich unsere Damen entschieden haben."

„Ja, sicher, entschieden. Lass uns jetzt anfangen, sonst wird mir hier noch schlecht", murmelte Max und lehnte sich nach hinten.

„Sie lesen gleich die Abschnitte des Pastors vor, das kriegen Sie hin?" Paul legte Meyer die Hand auf die Schulter. „Seite 26, nur ablesen, und schön ins Mikro. Die beiden Damen und Sie, Richard, sprechen dann die eingeschobenen Passagen. Wir spielen das Ganze jetzt einmal mit Claudi und danach mit Ursula durch. Fragen? Nein? Dann los!" Paul betätigte die Aufnahmetaste.

Pastor: „Geliebte in dem Herrn! Ihr seid hier in Gegenwart dieser Zeugen vor Gottes Angesicht erschienen, um ..."

Der Statist wurde durch ein Ruckeln am Stuhl unterbrochen. „Das muss viel flüssiger, freudiger und vor allem kirchlicher klingen! Das ist eine kirchliche Trauung, keine Beerdigung. Also, noch mal."

Pastor: „Geliebte in dem Herrn! Ihr seid hier in Gegenwart dieser Zeugen vor Gottes Angesicht erschienen, um als gesetzlich verbundene Eheleute den Segen Gottes zu diesem Ehebund zu begehren. Bevor wir jedoch zu dieser heiligen Handlung schreiten, lasst uns eingedenk sein, wie wichtig und heilig und zugleich, wie folgenreich und verantwortungsvoll dieser feierliche Schritt für euch beide ist ..."

Für alle hier. Das steht fest. Max war an dieser Stelle längst klar, dass, wenn schon nicht Rick alle abstrafen und unendliches Verderben über sie bringen sollte, dann doch wohl Gott intervenieren würde. Müsste. Man bekam, was man verdiente. Als Rick zustimmte, zu lieben und zu ehren, konnte selbst Max ein Lächeln kaum unterdrücken, hielt es jedoch zurück, um den Ton nicht zu versauen. Rick entsprach keineswegs den hier genannten Eigenschaften. Aber man bekommt, was man verdient.

Amen!

23

Die Praxis.

Max wurde von demselben Albtraum heimgesucht, der ihn seit Jahren um den Schlaf brachte. Er warf sich schweißgebadet im Bett hin und her. Die Ereignisse, die diesen Albtraum ausgelöst hatten, machten eine Rückkehr zur Normalität unmöglich. Max schloss die Augen und wusste, dass es nur eine Frage der Zeit war, bis der Albtraum wieder beginnen würde. Selbst seine Tagträume waren längst nicht mehr sicher. Er hatte sich eine Wiese vorgestellt, aber die Worte verloren schon ihren Sinn, als er sie dachte.

„Können Sie schon etwas sehen, tut sich etwas vor Ihrem inneren Auge? Wenn nicht, lassen Sie sich Zeit." Dr. Wendts Stimme behielt ihre unerschütterliche Sachlichkeit. Sie war der feste Rahmen, der das Gefüge der Realität für Max noch hielt.

„Ich stehe drauf", bestätigte Max nach einigen Sekunden. Er stand auf seiner Wiese. Gedanklich.

„Barfuß oder mit Schuhen? Wie ist das Wetter?", unterstützte Wendt.

„Schuhe. Ganz gut, meine ich."

„Was sehen Sie noch, wo stehen Sie? Beschreiben Sie es einfach, frei von der Leber."

„Ich stehe auf einer Hochebene, glaube ich. Die Wiese vor mir flacht ab. Ich stehe auf einem Hügel."

„Wie weit können Sie schauen?", fragte der Doktor weiter.

„Am Horizont sehe ich ein Gebirge. Die Gipfel sind eisbedeckt. Sieht aus wie die Alpen, würde ich jetzt sagen, ungefähr."

„Wollen Sie sich von Ihrem Standpunkt wegbewegen? Können Sie das?"

„Ich glaube schon."

„Dann schauen Sie sich doch mal um. Können Sie zum Gebirge gehen?"

„Ja."

„Ist dort ein Weg?"

„Nein, nur Wiese weit und breit. Das Gebirge scheint sichelförmig vor mir zu liegen."

„Dann gehen Sie dorthin."

„Die Wiese fällt steil ab und führt zum Fuß des Gebirges. Das Tal liegt zwischen dem Gebirge und dem Wiesenhügel."

Der Doktor gab Max ein paar Sekunden. „Sind Sie da?"

„Ja, ich bin direkt vor dem Gebirge. Ich sehe die eisbedeckten Gipfel. Das Gras endet am Fuß des Gebirges, wo es in Stein übergeht."

„Können Sie das Gebirge hinaufsteigen?"

„Nein, es ist zu steil und der Boden besteht aus losem Geröll. Ein Schritt und ich würde abrutschen."

„Aber können Sie bis nach oben schauen?"

„Ja, das geht", antwortete Max.

„Sehen Sie einen Weg in Ihrer Nähe?"

„Nein, ich sehe keinen. Die Grasnarbe, auf der ich stehe, verläuft wie eine Linie nach links und rechts."

„Können Sie nach links oder rechts laufen, entlang dieser Linie?"

„Das ist möglich, aber dann würde ich wieder zurückgehen, nur im Tal, am Gebirgsfuß entlang."

„Können Sie zu Ihrem Wiesenhügel zurückkehren?", fragte Wendt. Max neigte den Kopf, als würde er sich umschauen, doch seine Augen blieben geschlossen.

„Ich glaube eher nicht, es ist zu steil." Er verzog das Gesicht, als würde er etwas abwägen. „Es wäre möglich, aber es sieht anstrengend aus. Und da drüben ist …" Wendt wollte gerade überbrücken, gedanklich die Hand reichen, doch Max hatte sich selbst gefangen. „… er. Ich glaube, er steht auf dem Hügel. Dort, von wo ich herkam. Er steht jetzt dort und hat etwas bei sich. Ich kann es nicht genau erkennen."

„Wissen Sie, was er möchte?"

„Nein, aber er wartet. Auf mich, da bin ich mir sicher."

„Können Sie nur im Tal zurückgehen?"

„Ja, ist wohl am einfachsten. Da aber das Gebirge wie ein Halbmond um meinen Hügel liegt und das Tal dazwischen verläuft, werde ich vermutlich wieder zurück auf eine Linie mit meinem alten Standpunkt kommen. Nur eben links oder rechts daneben und ins Tal versetzt. Das ist nicht sehr sinnvoll. Rick wartet bereits dort auf mich. Ob ich nach rechts oder links gehe, spielt keine Rolle. Meine Entscheidung ist auch seine."

„Sie können also nur nach rechts oder links. Hoch ins Gebirge geht es nicht, und zurück auf Ihre Wiese ist auch ausgeschlossen. Gehen Sie nach rechts oder links und schauen Sie sich um."

„Ich gehe nach rechts", entschied Max nach kurzem Zögern.

Wendt gab ihm wieder etwas Zeit. „Verändert sich irgendetwas? Gibt es etwas Neues? Können Sie Ihren Bruder noch auf dem Hügel erkennen?"

„Nein, nicht mehr. Es gibt nichts Neues zu sehen, nur die Grasnarbe, den Hügel auf der einen Seite und das rutschige Gebirge auf der anderen Seite."

„Wissen Sie, wo Rick jetzt ist?"

„Ja."

Er steht neben mir, und ich weiß jetzt, was er bei sich trägt.

Max öffnete die Augen. Ein stechender Schmerz durchfuhr ihn, als das grelle Licht des Nachmittags seine Netzhaut traf. Die Realität war zurück, aber die Bedrohung war geblieben.

24

Das Kellerverlies.

Wenige Stunden zuvor.

Nach dem ersten Treffen verließ Max zügig den Kellerraum, während Ricks ungewöhnliche Frage – *„Können wir mich jetzt wieder losmachen?“* – in seinen Gedanken nachklang. Kurz darauf folgte Paul.

„Mann, jetzt renn doch nicht so!“, rief Paul am Schließer vorbei, der die Szene mit Anspannung beobachtete.

„Du sagtest, wir müssen zum Bus, welchen auch immer du meinst“, erwiderte Max. Das Treffen mit seinem Bruder hatte ihn sichtlich beansprucht.

„Ja, aber warte doch mal! Das ist dein Bruder? So richtig?“

„Danke, dass du es nochmals erwähnst.“

„So meine ich das gar nicht. Ich habe das nicht gewusst, ist ja echt ein Klopfer, meine Fresse! Nicht schlecht!“ Paul schaffte es, Max zu stoppen. „Lass uns noch mal reingehen! Jetzt kenne ich jemanden, der einen Schwerverbrecher kennt. Das muss man doch nutzen!“

„Kannst echt stolz auf dich sein. Und im Übrigen wird das doch wohl schon genug genutzt, nicht wahr?“ Max versuchte, die Begeisterung in Pauls Stimme einzudämmen.

„Na, komm, du weißt, dass ich das nicht so meine, tu’s für mich, nur dieses Mal, bitte“, bettelte Paul. Er wusste, dass Mäx funktionierte.

„Ich denke, wir haben keine Zeit, Paul?“

„Dafür ist immer Zeit!“ Paul erkannte Max’ Nachgeben. Er instruierte den Schließer hinter sich: „Lassen Sie noch eben auf, dauert nicht lange, danke.“

Paul stürmte begierig in die Zelle. Max trottete hinterher. „Können wir mich jetzt endlich losmachen?", begrüßte Rick die Rückkehrer.

„Das glaubst du doch wohl nicht im Ernst, oder? Mein Assi hat da noch ein paar Fragen an dich." Max schloss die Tür. „Fass dich kurz", warf er hinterher, ohne seinen Bruder auch nur mit einem Blick zu würdigen.

Paul nahm vor Rick Platz. Max stand mit verschränkten Armen dahinter. „Richard, Richard darf ich Sie doch nennen?", fragte Paul.

„Nur zu, was kann ich für Sie tun?" Rick lehnte sich in seinen Ketten zurück.

„Ich bin ja nur der dumme Assi, aber wo ich gerade hier bin, dachte ich mir, wende ich mich an den, den es betrifft."

„Er hat sich nicht allein getraut", stichelte Max.

„Kann ich gar nicht verstehen", lachte Rick. „Schieß los, mein Junge."

„Sie haben Experimente gemacht, mit Menschen. Das habe ich zumindest verstanden", sagte Paul und sah kurz zu Max.

„Mit Tieren wäre es ja legal, nicht wahr? Aber stimmt, ich freue mich, dass Sie das als junger Mensch anerkennen", sagte Rick mit einem zufriedenen Ton.

„Das ist eher jugendlicher Leichtsinn", schob Max ein.

„Wie dem auch sei, Experiment trifft es schon ganz gut, vielmehr Überprüfung einer Theorie."

„Das hat offenbar nicht wie geplant funktioniert", bemerkte Paul zurückhaltend.

„Doch. Allerdings gab es bei den letzten Probanden Störungen von außen, die das Ergebnis beeinflusst haben." Rick blickte Max an.

„Sie wurden gerettet, stimmt", bestätigte Max unberührt.

„Ich fasse mich kurz, Paul. Vor mehreren Jahrzehnten wurde entdeckt, dass die gezielte Stimulation bestimmter Hirnareale zu ausgeprägt angenehmen Empfindungen führen kann. Infolgedessen wurde dieses Gebiet als Lustzentrum bezeichnet. Organismen zeigen ein angeborenes Bestreben, eine solche Reizung möglichst oft herbeizuführen."

Max trat aus einer Ecke der Zelle hervor. „Deshalb sitzt meines Wissens jedoch niemand im Gefängnis."

Pauls Konzentration blieb ungestört. Auch Rick schien die Aufmerksamkeit seines interessierten Zuhörers mehr zu schätzen als die Unterbrechungen durch seinen Bruder. „Die Experimente mit Ratten sind am bekanntesten. Ratten wurden darauf trainiert, sich durch das Betätigen eines Hebels selbst Futter zu beschaffen. Dann implantierte man Reizelektroden in den Hypothalamus der Tiere, wobei die Aktivierung der Elektrode an den Futterhebel gekoppelt wurde. Ist das nachvollziehbar?" Rick legte Wert darauf, dass seine Ausführungen verstanden wurden.

„So weit klar. Die Tiere konnten sich mit dem Hebel selbst stimulieren", folgerte Paul.

„Ja, richtig. Die Ratten reizten sich selbst, bis zu sechzigmal in der Minute, ohne Unterbrechung. Sie hatten kein Bedürfnis mehr zu trinken, zu essen oder sich fortzupflanzen. Sie stimulierten sich, bis sie vor Erschöpfung starben."

„Nicht schlecht, und was hat das jetzt mit Ihnen zu tun, Richard?"

„Mit mir? Das funktioniert auch bei Menschen", sagte Rick beiläufig, aber hörbar stolz. „... bis sie vor Erschöpfung starben", zitierte er sich selbst in unscheinbarer Selbstrede. „Es war natürlich aufwendiger als bei einem Nager. Und für einen

Laien wie mich ist es nicht immer leicht, die richtige Region zu treffen."

„Und warum das Ganze?", wollte Paul wissen.

„Hast du es immer noch nicht verstanden? Er ist verrückt", meldete sich Max zu Wort. Er konnte das nicht im Raum stehen lassen.

Rick holte tief Luft. „Lust, mein lieber Paul, Lust! Das ist die stärkste und mächtigste Antriebskraft, die im Organismus wirksam ist, stärker als unser Selbsterhaltungstrieb. Fressen, Saufen und Ficken finden kaum mehr Platz zwischen dem Drang, stets und ständig im Elend anderer zu baden, stets und ständig auf Kosten anderer zu leben und dabei auch noch dämlich grinsend nach mehr zu verlangen. Wir leben in einer Lustgesellschaft, bis wir vor Erschöpfung sterben – quod erat demonstrandum."

25

Der letzte Tag.

24. November, 1:13 Uhr.

Es wurde heftig an der Zellentür geklopft. Max setzte sich auf, während das Pochen nicht nachließ. „Meine Fresse! Kann man hier nicht eine Nacht in Ruhe durchschlafen? JA!“, schrie er dem Drängen entgegen, worauf das bekannt knirschende Schloss zum Einsatz kam. Die Tür flog auf. Paul stand da, halb angezogen und mit panischem Gesichtsausdruck. „Was ist?“, fragte Max und stoppte abrupt. Paul keuchte.

„Du musst sofort mitkommen!“, stieß er hervor.

Max rieb sich das Gesicht. „Es ist mitten in der Nacht! Was ist los?“

„Es ist dringend, komm schon!“, drängte Paul, aber Max zog sich nicht hastig an.

Erst als sie den kahlen Flur entlanggingen, bemerkte Max, dass auch Anstaltsleiter Peter ihnen im Laufschritt folgte. Max stellte fest, dass ihn ein ungewöhnliches Gefühl überkam. Es war ein unangenehmes, um nicht zu sagen: beschissenes Gefühl. Das Grundrauschen wurde stärker. Der Zeitpunkt war gekommen, daran bestand kein Zweifel. „Das hätte ich vorhersehen müssen“, bemerkte Peter, während der schnelle Schritt kaum Zeit für eine Geste ließ. „Sie hatten recht – wie konnte mir das entgehen?“, sagte Peter und schloss zu Paul auf.

„Was denn?“, fragte Max keuchend. Für weitere Gespräche war keine Energie mehr vorhanden. Das Ziel war eindeutig das Kellergeschoss. Paul und der Anstaltsleiter standen vor Ricks Zelle und schlossen sich Timm und Samner an. Gemeinsam warteten sie vor der verschlossenen Sicherheitstür, während

Max die letzten Meter ruhig zurücklegte. Er hatte sein Tempo verringert, da er zu dem Entschluss kam, dass Eile in dieser Situation keinen Unterschied mehr machen würde. Irgendetwas war bereits geschehen. Vergangenheit. Im Kellergeschoss. Die Optionen waren überschaubar. Die Atmosphäre im Korridor war beklemmend und drückend. Max bemerkte Schritte hinter sich: Der Schließer seiner Zelle folgte ihm, ohne die Absicht, ihn zu überholen. Nach einer Weile fand er die Lage zu ruhig. „So, meine Herren", sagte er sachlich, bereit, den Ton zu wechseln. „Sie werden mir jetzt sicherlich erklären, warum mein ohnehin schon bescheidener Schlaf durch Ihr Theater hier gestört wurde, nicht wahr?" Die Gruppe ignorierte ihn. Max beschleunigte entschlossen.

„Ich habe das nicht gewollt, Mäx", sagte Paul mit einem Anflug von Unsicherheit. Peter stand etwas abseits der Gruppe, während der Rest bereits begann, Max aufzunehmen.

„Ich weiß nicht, ob Sie sich das ansehen sollten, Mäx", begann Timm und streckte einen Arm aus. Max wich gekonnt aus und ging direkt auf Ricks Zellentür los.

Er hatte es im Gefühl, bevor er auch nur etwas Konkretes gesehen hatte. Aber alles um ihn herum sprach diese eine unmissverständliche Sprache. Scharf bis in die letzte Tonspitze. Aber da war jetzt auch Genugtuung. Und Wut. Angst, Freude und Hass bemächtigten sich Max' Gesicht. Die Müdigkeit war längst vertrieben. „Mein lieber Paul, das nennt sich Vorsatz: Wissen und Wollen! Das gilt für alle Anwesenden!", rief er, riss die Tür auf und drückte sie bis zum Endanschlag auf. „Vorsatz, nichts anderes", rutschte ihm nochmals aus dem weit aufgesperrten Mund, als ihm das überlaufende Zellenbild jegliches weitere Wort in den Hals zurückschob. Er wäre fast daran erstickt. Es war wie nicht anders zu erwarten und bereits angekündigt, man hätte bloß auf ihn hören müssen. Es war das Kellergeschoss und es war Ricks Zelle, und es war ein grausamer Anblick. Für Max waren sie alle Mittäter. Hier gab es keine Unschuldigen oder gar Opfer, aber Max musste sich anstrengen, einen überraschten Blick zu spielen. Erschrocken war er sicher, aber hier und jetzt war es das Erschrecken über die Vertrautheit. Über das Wie-nicht-anders-zu-erwarten. Direkt im Eingangsbereich lag ein Wärter, vielmehr dessen zermatschte Überreste. Das Einzige, was eine berufliche Zuordnung gestattete, waren die dunkle Uniform und die akkurate Aufschrift ‚Justiz', die vom Blut verschont geblieben war. Der dazugehörige Schädel war kaum mehr als solcher zu erkennen. Das nebenliegende Stuhlbein, blutig und haarig, verriet unverblümt, was zu der Deformierung geführt hatte. Die Mundöffnung war nun eine von vielen Körperöffnungen, die mit ausgefransten Rändern und gesplitterten Knochen den geplätteten Schädel säumten. Nur die Aufschrift ‚Justiz' glänzte in einem unberührten Weiß. Das Blut quoll zähfließend unter ihm hervor und ließ den Bodenbelag weiterwachsen. Die größte Quelle zeigte sich allerdings erst bei genauerem Hinsehen. Ein eilig abgebrochenes und zweckentfremdetes Stuhlbein wies an seinem spitzeren Ende ebenfalls Wärterreste auf. Auch hier brauchte man kein Fachmann zu sein, um die wilden Einstiche in der Bauchdecke des Schließers mit dem anderen Ende des Holzes in Verbindung zu bringen. Es mussten unzählige Hiebe gewesen sein.

Das Rot verteilte sich nicht nur auf dem Boden, auch die Wände waren damit beschmiert, dienten als Abwischvorlage. Im hinteren Bereich der Zelle stand der quer gestellte Tisch, und zwei der Stühle trugen die beiden Heideköniginnen – Ricks Liebchen. Claudia und Ursula saßen sich gegenüber, mit je einer Hand am Tischbein fixiert. Die Körperspannung war aufgezwungen. Paketband hielt beide fest. Sie sahen aus, als würden sie den Tisch umarmen. Das Markanteste und Vertrauteste, was für Max sofort ins Auge fiel, war die glänzende Krönung der Bäuerinnen. Soweit er den Tisch und die versunkenen Gesichter einsehen konnte, ragte aus beiden Schädeln je eine Gabel. Wie Antennen oder auch Reizelektroden. Unterhalb des Halses waren beide Frauen stark blutverschmiert. Die Kehlen waren durchtrennt. Und über diesem makaberen Stillleben thronten diese beiden Gabeln, tief im Schädel vergraben, vermutlich nur schmückendes Beiwerk, eben stilecht.

Max trat in die Zelle und versuchte, der immer einnehmenderen Lache aus dem Weg zu gehen. Er stoppte nach wenigen Schritten. Es war kein Durchkommen. Vom Tisch tropfte ebenfalls gemächlich Blut. Am Rand entdeckte er unter dem Bein des Wächters ein blutverschmiertes Papier. Es stach heraus: sauber, in eleganter Handschrift – völlig anders als das Chaos der Zelle. Max ging vorsichtig durch die Blutlache des Schließers, um das Papier zu holen. Ihm war klar, dass er buchstäblich einen Tatort betrat, doch für ihn war diese Angelegenheit ohnehin immer persönlich gewesen. Obwohl dieses Schriftstück weder Absender noch Empfänger erkennen ließ, war ihm bereits aus der Distanz klar, dass es zweifellos an ihn adressiert war.

Das Küken-Dilemma

Ein Mann aus gutem Hause verlässt dasselbige durch seine Haustür, muss jedoch beim Öffnen der Tür erkennen, dass sich direkt mittig im Türrahmen ein plüschiges, süß anzuschauendes und herrenloses Küken niedergelassen hat und nun unbekehrbar den Weg nach draußen versperrt.

Dem Mann aus gutem Hause stehen nur zwei Handlungsmöglichkeiten zur Verfügung, welche keinen Zeitverzug dulden, und ein Aussetzen der Handlung ist ausgeschlossen.

Möglichkeit A: Der Mann aus gutem Hause, welcher zweifellos schwer bepackt dasselbige verlässt, legt all seine Lasten ab, kniet nieder, hebt das zerbrechliche Küken auf, schließt es behutsam in seine Hände, versetzt es an den Rand, um freie Bahn zu erlangen, richtet sich wieder auf, rüstet sich erneut mit der abgelegten Last und durchschreitet den Türrahmen.

Möglichkeit B: Der Mann aus gutem Hause schenkt dem plüschigen, süß anzuschauenden und herrenlosen Küken keine Beachtung und durchschreitet verzugslos, unter Beachtung des Aspektes, dass zum einen die schwere Last als auch die stabile Schuhbeschaffenheit das zierliche Geschöpf widerstandslos unter unmerklichem Knacken verschwinden lässt, den Türrahmen.

A oder B?

Ohne Zweifel, das war Ricks Handschrift. Die aufgeplusterte Art, dieses bedeutungsschwangere Nichts. Alles. Nicht nur der verschnörkelte Augenschein, sondern das ganze makabere Szenario passte zu seinem Bruder. Nur ein kognitiv Begrenzter hätte jetzt noch mit Zweifeln um sich geworfen. Max machte auf dem Absatz kehrt und schritt mit gesenktem Kopf auf die bedrückt wirkende Ansammlung vor der Zelle zu. An diesem Punkt fand er keine Worte mehr. Mit seinen Predigten hatte er sein Umfeld schon genug strapaziert. Jetzt war alles gesagt – oder zumindest fast alles.

Denn einer fehlte.

26

Er brauchte sich nicht umzuschauen. Er brauchte nicht nachzuzählen. Es war logisch. Es war offensichtlich. Ein entscheidender Umstand, der ihm bis zuletzt verborgen blieb, tat sich nun hastig auf.

„Wo ist Rick?“ Schweigen. Es schien, als wollte sich keiner vorwagen, keiner wollte wohl als Erster eine Abreibung bekommen. „Wo zum Teufel noch mal ist Richard?“, brüllte Max in die Runde und marschierte schnurstracks auf Peter zu. Er packte den Anstaltsleiter am Hemdkragen und riss den großgewachsenen Mann auf seine Augenhöhe. Max hatte genug von Predigten. Er starrte Peter bedrohlich an.

„Weg“, flüsterte Peter benommen, als wüsste er nicht, wie ihm geschah.

„Wie, weg? Ich dachte, jeder macht hier seinen Job! Sie, ich. Und der abgewrackte Bulle hier!“ Max verwies mit einer abwertenden Handbewegung auf Samner, der die Zelle inspizierte. „Wenn hier jeder seinen Job macht, dann wird das schon, waren doch Ihre Worte, nicht wahr? Ich habe hier meinen beknackten Job getan, nicht wahr, Paul?“ Max ließ Peter los, fand direkt die Überleitung zu seinem Assistenten. „Sollten wir Rick nicht mehr finden, dann können wir diese Sauerei auf deinem Konto verbuchen! Macht sich nicht schlecht in einem Lebenslauf!“ Max kam in Fahrt. „Ich hätte dir all deine kranken Ideen, deine Papiere, unangekündigt so tief in den Arsch schieben sollen, dass es oben wieder recycelt herausplatzt!“ Seine Stimme nahm monströse Züge an. Völlig losgelöst sprang er auf Paul zu und katapultierte ihn mit dem ersten Vollkontakt an die Wand. Samner und

Timm reagierten verzögert. Sie waren, wie alle Anwesenden, über Max' Ausbruch mehr als überrascht. Doch dann packten sie ihn, beförderten ihn mit ihrem Gewicht zu Boden und drückten ihn fest.

„Beruhigen Sie sich, Mäx, beruhigen Sie sich!", versuchte Timm zu beschwichtigen. Max lag auf dem Bauch, seine Arme waren auf dem Rücken unter Samners schwerem Körper fixiert, eine Hand drückte seinen Schädel auf den kalten Boden.

„Fick dich, du Penner!", keifte Max mit seinen letzten Atemreserven.

„Wir können warten. Melden Sie sich einfach, wenn Sie fertig sind", sagte Samner mit routiniertem, unbeeindrucktem Ton. Er schien Schlimmeres erlebt zu haben.

„Wollen wir nicht jetzt?", konnte Max über sich vernehmen, als Timm zusätzlich an Samners schwerem Leib zerrte.

„Ach, lassen Sie ihm noch ein, zwei Minütchen. Kann sicher nicht schaden, nicht wahr, Herr Mathey?" Der schadenfrohe Beamte verlieh erneut mit seinem Körper Nachdruck. *Auf so eine Gelegenheit hast du gewartet, du Wichser! Und ich hab sie dir auch noch gegeben!*

„Bei Ihnen alles in Ordnung?", richtete Samner einen kontrollierenden Blick auf Paul.

„Ja, ja, alles wieder gut, danke."

„Wollen Sie noch mal nachtreten? Gibt keine günstigere Gelegenheit!", lachte Samner.

„Ich wäre dann so weit", quälte Max zwischen den Lippen hervor, als gäbe es keine andere Möglichkeit, dieser Schmach zu entkommen.

„Sind Sie sicher? Ich würde Sie nur sehr ungern ein weiteres Mal auf den Boden drücken müssen."

„Irgendwie glaube ich Ihnen das nicht, weiß auch nicht, warum", murmelte Max, was wohl einzig und allein der Boden wahrnehmen konnte.

„Na, das hört sich doch wieder nach unserem Mäx an", fraternisierte Timm. „Lassen Sie ihn wieder hoch! Ist auch verständlich! Aber jetzt sollten wir uns wieder konzentrieren." Er gab Samner einen fordernden Klaps auf die Schulter.

Samner entlastete Max und richtete diesen auf. Die Arme wurden noch immer auf dem Rücken gehalten. „Jetzt lassen Sie ihn aber! Mäx hat sich wieder beruhigt." Timm trat in Max' Gesichtsfeld und vergewisserte sich, dass dieser einen wohlwollenden Ausdruck lieferte, den Max in dieser entgleisten Situation gerne zu leisten bereit war.

Ihr könnt mich allesamt, dachte Max, aber das Lächeln saß. Samner lockerte den Griff, und Max nutzte die Gelegenheit. Mit einem schnellen Ruck befreite er seine Hände. „Meine Fresse noch mal! Danke!", warf er seinem verhassten Peiniger überdeutlich an den Kopf und wischte sich den Dreck und die Spucke aus dem Gesicht. „Danke, Herr Samner, ich kann mir absolut nichts Besseres vorstellen, echt – Arschloch!"

Timm schritt mit freundlich besänftigender Art auf Max zu, umschloss ihn brüderlich mit einem Arm und führte ihn willenlos die wenigen Schritte zu Ricks Verlies. Beide standen mit dem Blick ins überlaufende Blutbad. Der Rest der Meute sammelte sich direkt dahinter. „Sie kennen mich nicht, oder?", begann Timm und presste sein Gesicht sehr nahe an Max' heran.

„Was bitte?" Max blickte verdutzt in das nahe Antlitz eines Idioten. Das erkannte er.

„Also, mich, erkennen Sie mich nicht?" Timm verharrte weiterhin mit freundlicher Stimme.

Ein Idiot! Ganz sicher. „Wissen Sie, mir drängt sich gerade der unerklärliche Gedanke auf, den Falschen an die Wand befördert zu haben, meinen Sie nicht auch?" Max erkannte, dass die anderen auf etwas warteten. „Timm, der Coach", bot Max einlenkend an, da er wohl der Einzige war, dem die Frage unpassend erschien. *Alles Idioten! Die verstehen sich blindlings.*

„Schauen Sie mal hierher!" Timm zwang Max in die Knie und zeigte auf einen undefinierten Punkt am anderen Ende der Zelle. „Und da!" Er suchte und fand einen weiteren Punkt. „Jetzt drehen wir uns mal." Timm rückte Max auf den Flur und verwies auf eine scheinbare Überwachungskamera. „Die haben alles aufgezeichnet, Mäx", präsentierte Timm stolz. Aber worauf konnte man hier jetzt stolz sein? Was hatte das alles zu bedeuten? Max fand nicht den richtigen Gesichtsausdruck, um seiner Verwirrung gerecht zu werden. Die Wut trieb auch noch ihr Unwesen. Er verblieb bei seinem Standard. Ein dummes Lächeln. Das half immer. Doch selbst diese Maske wollte ihm entgleiten, als er das Folgende hörte. Er musste vor innerem Gelächter feststellen, dass er gar keinen Spaß verstand!

27

„Sie verstehen doch ein wenig Spaß? Sie sind im Fernsehen, Mäx, willkommen in meiner Show!“, platzte es plötzlich aus Timm heraus. Alle anderen Anwesenden stießen ein hallendes Grölen aus und lachten laut, bevor sie Max gratulierend auf die Schultern klopften. „Mäx, alles gut bei Ihnen?“

„Was?“, verlor Max beiläufig, während er die Zelle aus der Entfernung unter die Lupe nahm. Er versuchte, die von Timm zuvor angezeigten Punkte genauer zu bestimmen.

„Ob es Ihnen gut geht, Mäx?“, wiederholte Timm fürsorglich. Er tastete sich wieder an ihn heran. „Ihre Kollegen haben Sie ein wenig auf den Arm genommen, verstehen Sie? Alles ist in Ordnung! Sie brauchen sich keine Sorgen zu machen“, als ob Max einen verdummten Eindruck machte, was er auf die vorherige Interaktion mit Samner zurückführte, die ihm noch immer in den Knochen steckte.

Er musste sich dringend sammeln. Er wollte sich gar nicht vorstellen, wie dämlich er aussah. „Ja, ja, mir geht's gut. Ich muss mich nur eben mal orientieren“, sagte Max mit einem flüchtigen, aufgesetzten Lächeln. Es funktionierte noch. „Das war alles nur Spaß?“, hakte Max sicherheitshalber nach, aber nur, um eine gewisse Anteilnahme zu zeigen. Der Sachverhalt war ihm mehr als klar.

„Oh gut, Sie können wieder lachen, Mäx! Das freut mich. Ja, alles nur aus Pappe! Nichts echt, aber überzeugend, was?“, brüstete sich Timm. Max fragte sich kurz, ob Timm überhaupt sein richtiger Name war, verwarf den Gedanken aber als unwichtig. „Nun, Ihr Paul ist natürlich echt, wäre wohl auch schwer zu fälschen gewesen, ein Unikat“, ergänzte er und schien Paul auszurichten. „Er hat uns auch angeschrieben. Freundlicherweise hat uns Ihr Bruder auch unterstützt!"

„So ist er", bemerkte Max beinahe lautlos. „Und wo haben Sie Samner ausgegraben?"

„Pension", warf dieser von der Seite ein.

„Rentner sind halt für jeden Spaß zu haben, nicht wahr?", freute sich Timm.

„Sie sind außer Dienst, ja? Dafür sind Sie aber noch recht gut im Stoff. Mir tut die Schulter übrigens immer noch weh." Max gab Samner einen freundschaftlich wirkenden Schlag auf die Schulter.

„Man tut halt, was man kann, Herr Mathey."

„Das waren schon glückliche Zufälle, dass wir alte Bekannte von Ihnen mit an Bord hatten. Da bringt dann eine solche Bauernfängerei besonders viel Laune", erklärte Timm, löste sich von Max und gratulierte jedem Anwesenden mit einem Handschlag.

„Und Sie, Peter? Statist?" Max wandte sich an den letzten Unbekannten.

„Theater! Einfaches Wald- und Wiesentheater."

„Sie waren gut, echt! Ich hab's Ihnen abgenommen", beglückwünschte nun auch Max vorsichtig.

„Gut?", schob Timm von der Seite ein. „Echte Spitzenklasse! Dieser Mann verleiht der Knastattrappe wahres Leben. Sie haben gesehen, was er aus diesem Abrissprojekt gezaubert hat, und erst das Blutbad! Liebe zum Detail, bis zum letzten Spritzer", schwärmte Timm, während er mit Peter und Max durch die Verliestür ins kreativ verteilte Rot blickte. Es wirkte auf einmal gar nicht mehr so bedrohlich.

„Ja, das ist echt gut gelungen", bestätigte Peter kopfnickend.

„Genauso muss das aussehen. Wenn, dann würde ich es mir so vorstellen wollen." Timm beugte sich leicht vor. „Zuerst dachte ich ja, ein wenig viel Blut für drei Opfer, und dann noch in diesem verhältnismäßig kleinen Keller, aber jetzt gefällt mir das echt gut. Wirkt gar nicht überladen. Gefällt mir, haben Sie schön gemacht, Peter, großartig."

„Das Lob geht aber zu Unrecht an mich. Das gebührt alles Paul, nicht wahr, mein Junge?"

„Was denn?" Paul schien nicht richtig zugehört zu haben.

„Ach, wollen wir nicht mal wieder unsere Toten zum Leben erwecken? Bevor wir das noch vergessen", erinnerte Timm abrupt, als habe er nun genug bewundert. „Danke, das war's dann, genug für heute!", rief er dann.

„Das hier vorne ist nur eine Puppe, da können wir lange warten", verwies Peter auf die zermatschten Wärterüberreste. „Los, Paul, erlös unsere Damen von ihren Schnüren, nicht, dass noch jemand Platzangst bekommt oder gar zu Schaden kommt. Oder noch auf den Geschmack kommt. Das sieht nämlich nicht gerade bequem aus." Paul wurde Richtung Eingang geschoben.

„Hast du gut hingekriegt", hörte er noch.

„Was habe ich gut hingekriegt?", rief Paul aus der Zelle, kramte ein Taschenmesser hervor und trat ungeschickt in die Farbteppiche, was ihn beinahe von den Beinen gerissen hätte. „Was für ein Scheiß! Na toll, jetzt hab ich den Mist an der Hose. Das kriegt man dann auch nicht mehr raus, echt super!", schimpfte Paul giftig. „Das wird definitiv aus der Portokasse bezahlt!"

„Hast du gut dekoriert, vergiss es!" Peter schien eingesehen zu haben, dass Paul bereits genug gefordert wurde. Samner drängte sich an Timm, Peter und Max vorbei, um ebenfalls ins Innere zu blicken und Pauls Kampf beiwohnen zu können.

„Ich hab das hier gar nicht gemacht! Ein Scheiß aber auch", stöhnte Paul weiter und wischte nun das an seinen Fingern befindliche Rot wieder zurück in die Jeans. Nachdem er sich scheinbar damit abgefunden hatte, dieses Verlies weder mit einer sauberen Hose noch mit unbefleckten Schuhen zu verlassen, klappte er sein Messer auf und begann damit, das Paketband zu zerschneiden. „So, die Damen, geht gleich los, keine Panik", wirkte er mit besänftigender, aber jugendlicher Stimme auf die zur Regungslosigkeit gezwungenen Frauen ein.

„Warte mal, Paul!", rief Samner und suchte binnen Sekunden den Blickkontakt zu Max. „Peter, Sie haben das hier nicht arrangiert, habe ich das richtig verstanden?"

„Ähm, nein. Das war Paul, wieso?"

Alle Blicke waren nun auf den Assistenten gerichtet.

„Ich hab das hier nicht gemacht!", rief Paul rücklings. Bedächtiges Schweigen füllte den Korridor. „... bin der Meinung, dass es laut Skript in Peters Bereich, also ..." Pauls Worte wurden mit jedem weiteren dünner und zaghafter.

„Gibt es hier noch andere, die hierfür infrage kommen könnten?" Samner versuchte nun, alle auf ihn gerichteten Augenpaare zu bedienen. Die Angst, die nun von jedem Besitz zu ergreifen schien, wurde immer zuschnürender. Nur Max beschlich in diesem Augenblick eher ein Gefühl der Routine. Des Gewohnten. Wir starten wieder von vorne. *Wie nicht anders zu erwarten!*

„Sie könnten doch mal die *Puppe* etwas genauer unter die Lupe nehmen als Fachmann", belehrte Max und hockte sich vor die Zellentür. „Dann könnte ich Ihnen ja vielleicht sagen, wer hierfür infrage kommen könnte, auch auf die Gefahr hin, dass ich mich wiederhole", gab er mit einem eisigen Ton hinterher. Das gesamte Repertoire an Gefühlen kam wieder hoch. Freude und Wut dominierten jetzt. Noch bevor Samner einen Schritt über die Schwelle trat, reichte sein Blick aus, der Max und auch dem übrigen Plenum unmissverständlich verdeutlichte, dass diese Wärterüberreste weit mehr als das sehenswerte und beeindruckende Werk eines talentierten Maskenbildners oder eines auf Perfektion bedachten Dekorateurs waren und es neben bedeutungslosen Statisten und pensionierten Aushilfsbeamten nur einen Profi in dieser kleinen Lustgesellschaft gab. Nur war dieser gerade nicht vor Ort – nicht mehr.

Quod erat demonstrandum!

Und dabei hätte sich Max gewünscht, dieses eine Mal nicht recht zu haben.

Der Mann aus gutem Hause

Betrunken wankten wir durch die Welt. Überfüllt mit Rauch.

Zum einen der lästige Qualm unserer Zigaretten – zum anderen der Nebel unserer Konstruktionen, der einer Feier erst die richtige Atmosphäre aufdrückte, die wir ihr erst aufzwangen. Zudem geschmückt mit Lichtern vieler Farben, auch dies so schön von uns erschaffen.

Wir bauten uns die schönste Welt. Heute Abend.

Erfüllt und ausgeleuchtet ohne abgerundete Ecken. Jede war bunt und scharf bezeichnet; nichts Unbekanntes in ansprechendem Ton. Um alles und jeden vollständig auszurüsten, bedienten wir uns nicht nur der Technik, auch die natürliche Ebene blieb nicht ungenutzt. So lief der Alkohol betäubend seine Bahnen, um die allzu scharf definierten Kanten ein wenig zu verschwämmen, der Genauigkeit etwas abzuringen. Denn bewiesen scheint, dass man sich manchmal schneiden kann, auch wenn man glaubt, alles genau zu erkennen, jeder Kante frühzeitig den Rücken zuzukehren oder meint, dies zu können. So schluckt unser Alkohol den hellen Rand des Nebels und dient damit der Sicherheit unserer Weltenbummler.

Wir gehörten einem Verein an, der es sich zur Aufgabe gemacht hat, solche Welten zu kreieren und in diesen Feiern zu animieren. Die Arme sollten hochgerissen werden – der krönende Abschluss eines solchen Abends – unser hoheitlicher Auftrag.

28

Die Praxis.

Letzte Sitzung.

Max umklammerte seinen Coffee-to-go-Becher, der die übrige Kaffeewärme an die ausgekühlte Hand abgab. Die Praxis von Dr. Wendt roch heute intensiver nach altem Papier und getrocknetem Tee. „Ach, Sie haben sich das Getränk gleich mitgebracht", bemerkte Dr. Wendt, seine Stimme wie immer ruhig und unaufgeregt.

„Lag gerade auf dem Weg. Wird wohl heut ein langer Tag." Max nahm einen vorsichtigen Schluck. Der lauwarme Kaffee war bitter wie seine Stimmung.

„Dann wollen Sie wohl heute keinen Tee", sagte der Doktor und versorgte sich wohlwollend an seinem Samowar, der wie ein alter, zuverlässiger Zeuge des Geschehens in der Ecke stand.

„Nein danke. Heute ist Kaffee-Tag, gewissermaßen."

„Und, wie ist es Ihnen ergangen?" *Wieder einmal!* Der Therapeut nahm Platz und fixierte Max mit eindringlichen Blicken, die so unbewegt schienen wie die schwere Kommode hinter ihm.

„Ganz gut so weit", kommentierte Max die Eingangsfloskel knapp, fast abwürgend. Ihm war nicht nach Floskeln zumute.

„Ich wollte heute noch mal über Ihren Bruder sprechen, das ist doch in Ordnung, oder?"

Max war heute noch weniger nach seinem Bruder zumute. „Wenn Sie meinen", sagte er unberührt. Er stellte seinen Pappbecher neben das stilvolle Teeservice, das eine „Ostfriesische Rose" zierte.

„Wir können auch über etwas anderes reden, wie Sie wollen", beschwichtigte Wendt, der Max' Desinteresse problemlos deutete.

„Wegen dem bin ich ja hier. Nur ich weiß nicht, was das noch bringen soll." Max wollte nicht unhöflich sein, aber er musste seinen Unmut entschuldigen.

„Wir machen das hier nicht, um Sie zu quälen. Wir müssen über die Geschehnisse sprechen, damit Sie die Möglichkeit haben, damit abzuschließen."

„Das ist mir schon klar, manchmal macht es das Vergessen aber leichter."

„Wohl eher das Verdrängen, oder nicht?"

Haarspalterei. „Es ist eben zeitweise weg, und das ist eben praktischer, zumindest zeitweise."

„Sie sollen es nicht vergessen oder verdrängen, auch nicht zeitweise. Sie sollen lernen, damit umzugehen, tagtäglich, weitestgehend problemlos."

„Tagtäglich", rezipierte Max. „Normal."

„Der Vorfall wird niemals normal werden. Traumata sind nicht normal. Es soll für Sie nur normal werden, damit umzugehen, eben tagtäglich." Max war dieser Diskussionen überdrüssig. Es war nicht so einfach, wie es hier dargestellt wurde. Langsam beschlich ihn der Gedanke, dass es alles nur Zeitverschwendung gewesen war. Er war von Anfang an falsch an diese Sache herangegangen, viel zu reserviert, zu kühl, zu sachlich. Ihm schoss jetzt die allererste Sitzung ins Gedächtnis, das Warm-up. Die Wunderfrage. Damals ging es ihm sehr schlecht. Er konnte sich absolut kein Danach vorstellen. Kein Weiter. Was muss geschehen, damit ... klar, ein Wunder.

Woran werden Sie merken, dass das Wunder passiert ist?

Indem ich morgens nicht aufwache.

Er wachte seither immer wieder auf. Es konnte also kein Wunder geschehen sein. Seit Jahren. „Ich glaube, wir könnten hier noch ewig sitzen, und es wird und wird nicht normal, dass einem die eigene Ehefrau, mit Drogen vollgepumpt, die Axt in den Oberkörper schlägt, und das im eigenen Haus. Ach ja, und der eigene Bruder macht irgendwelche kranken Experimente in meinem Keller. Ich weiß nicht, scheint mir ein wenig viel zum Verarbeiten zu sein." Max atmete bewusst und geübt durch die Nase ein und wieder aus. Er spürte, dass es tief in ihm drin mächtig brodelte. Seine Gedanken kreisten wieder um seinen Traum, seine Vergangenheit, seinen Keller – es war ein lebender, atmender Albtraum, tief unter seinem Haus verborgen. Die Luft war feucht und kalt, ein dumpfer Geruch von Schimmel und Verfall hing in der muffigen Stille. Das lückenhafte Licht kam von einer einzelnen, flackernden Glühbirne, die nackt in einer verdreckten Fassung von der Decke baumelte und lange, verzerrte Schatten auf die feuchten Steinwände warf. Jeder Tropfen Wasser, der von der Decke fiel, hallte in der Stille wider und verstärkte das bedrückende Gefühl, das den gesamten Körper gepackt hatte. Hier, in dieser Dunkelheit, führte Rick seine grausamen Experimente durch. Hier lauerte er. Überall lagen rostige Werkzeuge, Kabel und unbekannte Substanzen herum, die eine unheimliche Mischung aus Wissenschaft und Wahnsinn darstellten. Die kahlen Wände und der schmutzige Boden waren stumme Zeugen des Horrors, der hier stattfand. Es war ein Ort, der dazu bestimmt war, vergessen zu werden, aber dieser irreale Albtraum sorgte dafür, dass seine Vergangenheit, sein Keller und sein Bruder für immer so in Max' Erinnerung eingebrannt waren. Unveränderlich. Lauernd.

„Das verstehe ich, aber wir haben ja Zeit, uns drängt ja keiner. Abgesehen davon ist es wohl viel zu viel, um es zu verdrängen, meinen Sie nicht?", versuchte Wendt, die aufbrausende Atmosphäre mit sanfter Stimme zu beschwichtigen.

„Zeitweise."

„Hatten Sie Ihre Frau noch mal besucht?", hakte der Therapeut nach.

„The same procedure as every year! Es reicht mal gerade für die Schnabeltasse. Dieses Jahr habe ich mir das Elend allerdings noch nicht angetan." Rick hatte ihr so viele Drogen verabreicht. Kein Dealer dieser Welt würde es wohl schaffen, diese Menge auf Lager zu halten. Max' Bitterkeit war kaum zu übertünchen. „Dafür, dass sie mir bei unserer letzten aktiven Begegnung beinahe vollständig die Haltung versaut hat, macht sie jetzt einen sehr ruhigen Eindruck." Max' Maske setzte sich wieder durch. Er lachte, aber sein toter Blick musste jedes Schauspiel zunichtemachen. Die meiste Angst verursachte allerdings die wachsende Gewissheit, dass er selbst bereits in der Lage war, dieses fehlende Leben in seinen Augen zu spüren.

„Wie stehen Sie zu Ihrer Frau?"

„Wie soll ich dazu schon stehen?", parierte Max.

„Na ja, die Frage nach der Schuld ist immer der springende Punkt. Um verarbeiten zu können, muss man loslassen, sich vielleicht auch emotional lösen. Das bewusste Lösen von einer Schuldzuweisung ermöglicht erst die emotionale Aufarbeitung."

Stille.

„Ich hätte aufmerksamer sein sollen. Ich hätte meinen Bruder nicht bei uns wohnen lassen dürfen."

„Mit Schuldzuweisung meine ich auch Ihre Person. Sie können nichts dafür, dass alles so gelaufen ist", korrigierte Wendt.

„Wenn jemand meinen Bruder kennen sollte, dann doch ich! Aber das ist lange her. Meine Frau war nicht bei Sinnen, mein Bruder ist so, wie er eben ist, und ich bin vielleicht nicht so viel anders", stellte er nachdenklich fest.

„Sie sind kein Mörder, Herr Mathey. Sie sind nicht Ihr Bruder."

„Wenn er denn nur ein Mörder wäre. Alles, was er macht, ist geplant, immer, überall, mit jedem. Mir fehlen die niederen Beweggründe, die den üblichen Mörder auszeichnen. Er scheint viel zu intelligent zu sein. Er strebt immer nach Großem, hinterlässt aber nur Chaos, und weil es jeder als Chaos tituliert – es keiner versteht –, wird er immer weitermachen."

„Ja, er ist Ihr Bruder, aber auch nur das. Sie sind jemand anderes. Sie sind das Opfer, auch wenn Ihnen das nicht gefällt."

Es wurde wieder bedrohlich still in dem überschaubaren Zimmer. „Er hat alles kaputt gemacht, und ich sitze hier auch nur irgendwie meine Strafe ab. Umringt von Idioten, einer dämlicher als der andere, Tag für Tag die gleiche Scheiße – ich kann bald nicht mehr dieses verblödete Grinsen zeigen." Max konnte es jetzt schon kaum mehr, ein Aufwand, der ihn jeglicher Energie beraubte.

„Es gibt hier auch keinen Grund zum Lachen. Die Sache ist schon tragisch genug. Sie sollten mehr an sich denken."

„Man könnte fast meinen, dass es meine Frau am besten getroffen hat – einmal in Aktion getreten und dann völlige Umnachtung."

„Sie ist auch nur ein Opfer, genau wie Sie."

„Ich mag diesen Begriff nicht!", fuhr es plötzlich aus Max, der seiner aufsteigenden Wut den Kaffeebecher in die Hand drückte. Die knackende Geräuschkulisse, die er dabei verursachte, wirkte wie ein leiser Schrei, der nur darauf wartete, losgelassen zu werden.

29

Im Speisesaal.

Noch vor dem Schwedenfest.

„Schöne Welt ham' Se sich hier aufgebaut!", schallte es von der Essensausgabe.

Max' erster Gedanke war: *Boah Ey, bist du ekelhaft!* „Wie meinen Sie?", fragte er.

„Sieht ja fast nach Bauernhof aus. Ich war zwar noch nie auf einem, aber das mit dem Stroh wirkt aut… ähm, echt, halt."

Authentisch, du Idiot! Max betrachtete die aufgetürmten Strohballen, die in den Ecken der Kantine das Ambiente verströmten. Allein der ungebetene Hinweis dieses Mannes zwang ihm unzählige, verdummte Ideen ins Hirn. „Was gibt es denn bei Ihnen Schönes? So zum Frühstücken?"

„Man könnte die bestimmt als Stühle benutzen: weich, warm und wie aufm Bauernhof!"

„Keine Ahnung. Ich wollte nur kurz etwas frühstücken. Ich kann Ihnen leider nicht sagen, was mit den Strohballen passiert", parierte Max, denn sein morgendlicher Störenfried, dessen Schürze übersät war mit undefinierbaren Flecken, schien sich nicht auf seine eigentliche Aufgabe besinnen zu lassen.

„Sie sind doch Määx, der ausm Radio", sagte der Küchenmann mit einer Penetranz, die einen Namen zu haben schien. Irgendetwas mit einem H am Anfang. Der Rest seines Namensschildes war unter einem braunen Fettfleck verschwunden.

„Ja."

„Der aus der Morning-Show."

„Ja, genau der." *Mach hin, du Penner! Es nervt ungemein.*

„Dann müssen Sie doch wissen, was hier aufgebaut wird, nicht?"

Max versuchte, die Ruhe zu bewahren. Er stand allein. Keine Schlange. Die Tische in seinem Rücken waren voll besetzt. Alle machten gesättigte Miene zu diesem nervigen Verhör, auch wenn es wohl keiner bewusst verfolgte. „Wissen Sie, ich hatte eine üble Nacht. Sie können sich gar nicht vorstellen, wie ich heute Morgen geweckt wurde, das wollen Sie nicht wissen", versuchte er, sich selbst zu beschwichtigen. Er umklammerte das Tablett, schob sich langsam nach rechts, um sich von dem hünenhaften Mann zu entfernen, der sich das unansehnliche Küchentuch über die Schulter klatschte.

„Und ich dachte mir, Sie sind der Chef hier. Dann wüssten Sie ja, was hier abgeht."

„Schön wär's, aber ganz so einfach ist es dann doch nicht. Man muss halt nur sein Personal im Auge behalten", lachte Max gekünstelt.

„Mach ma die Eier wieder voll!", brüllte der schwer schnaubende, versiffte Typ hinter sich, was selbst Max gedanklich die Beine wegzog. „Die Untergebenen, wem sagen Sie das."

„Ich glaube, ich nehme erst mal einen Kaffee. Sollte wohl genügen für diesen Morgen."

„Aber trotzdem sollte man wissen, was die Untergebenen machen."

„Der Kaffee?" Max blieb beharrlich.

„Was ist denn das für ein Boss, der nicht weiß, was seine Leute so machen, was?"

Bitte! Nur den Kaffee, mehr will ich doch nicht! „Na ja, meine Leute? Ich weiß nicht. Der Kaffee?" Max spürte, dass sich gleich etwas ändern würde.

„Ihr Name steht doch drauf, Mäx. Der Held einer bekloppten Welt. Das ist doch Ihr Vermächtnis. Eine Ansammlung von Idiotie, Schwachsinn und … die Eier!“, brüllte der Küchenbulle wieder.

Ich muss mich verhört haben! Was willst du, blöder Penner, von mir? „Was? Ich darf ja wohl bitten!“, verblieb Max sachlich und blöd grinsend. Das half immer. *Gib mir endlich meinen scheiß Kaffee!*

„Mehr als Bitten bleibt Ihnen ja auch nicht übrig. Schade eigentlich. Sie machen im Radio immer so einen souveränen Eindruck. Wenn Sie Ihr Personal nicht im Griff haben, dann müssen Sie wohl bitten.“ Der Riese lachte. Max atmete ein und aus. Das Grinsen war ihm längst aus dem Gesicht gefallen. Hier half es nicht mehr. Der Typ schien resistent zu sein. Gegen *Mäx* und gegen Körperpflege. Mit leeren Augen versuchte er, Überzeugungsarbeit zu leisten.

„Mit Schuss?“, wollte jetzt der schmierige Typ wissen.

„Was?“

„Na ja, wollen Sie einen speziellen Kaffee? Ich erzähl's auch keinem. Mir hört hier eh keiner zu. Die hören alle auf Sie, aber vielleicht sollten Sie aufhören zu bitten. Mäx ist doch ein Macher!“

„Hören Sie, ich will nur einen Kaffee! Kaffee, schwarz, mehr will ich gar nicht. Dürfte nicht schwer sein, oder?“

„Zum Mitnehmen?“

„Mann! Nein, nur in diese beschissene Scheißtasse hier!“

Der Fleischhüne, dessen massige Statur die Essensausgabe dominierte, blickte auf Max herab, nicht nur aufgrund seiner Größe, sondern mit einer kalten, schwerfälligen Gleichgültigkeit. Max' Wut und sein verzweifeltes Promi-Lächeln prallten an diesem Mann ab wie an einem Sandsack. Der Blick war unerbittlich ungerührt, die tiefschwarzen Augen sahen offensichtlich Max nicht als den Radiostar, sondern als ein hysterisches, kleines Möchtegern-Ärgernis – keine Chance, seinen Arbeitsablauf zu stören.

„Dann kann ich Ihnen nicht helfen. Da hinten ist 'n Automat. Nur die beschissene Scheißtasse drunterstellen, eine Sache von Sekunden", sagte der Mann hinter dem Tresen mit absolut ungerührter Miene. Es war die Missachtung des Praktikers für den Theoretiker, des Urmenschen für den aufgeblasenen Medienclown. Wenn Blicke töten könnten, hätte Max lange starren müssen, um diesen Fleischberg in die Knie zu zwingen. „Was zum Frühstück? Eier? Könnten aber noch ein wenig dauern."

„Haben Sie eigentlich ein Gesundheitszeugnis?", fragte Max, dessen Stimme die Antwort gleich mitlieferte.

„Sie sollten sich weniger um mich Gedanken machen. Das ist doch Ihre Welt hier, 'ne schöne."

„Wie schön, dass man immer kommentiert werden muss. Nur einen verdammten Kaffee, mehr nicht." Max riss sein Tablett hoch und stapfte Richtung Kaffeeautomat. „Schönen Tach noch! Meine Fresse noch mal!"

Fick dich, du Arschloch!

30

Die Praxis.

Max umklammerte seinen Coffee-to-go-Becher. „Vielleicht sollten wir die Sache beenden." Max malträtierte seinen Pappbecher, dessen Knistern die Anspannung verriet, die er zu verbergen versuchte. Der Samowar meldete sich zu Wort und lenkte von Wendts erstaunten Blicken ab.

„Wie meinen Sie das?", fragte der Therapeut.

„Sehen Sie, wir machen das hier schon eine ganze Weile. Das hat nichts mit Ihnen zu tun, aber …" Max musste höflich bleiben, obwohl ihm nicht danach zumute war.

„Therapien dauern nun einmal etwas länger, das ist ganz normal. Da gibt es Höhen und Tiefen."

„Zurzeit ist mir das Ganze ein wenig zu viel. Ich bin beruflich voll eingespannt. Sie wissen ja, Mäx muss immer schön blöd lächeln und winken." Max verwandelte sich kurz in Mäx, konnte aber nicht lange durchhalten. „Das ist anstrengend", gab er zu.

„Aber Sie sehen doch ein, dass wir noch nicht fertig sind?"

„Absolut, fertig bin ich mit dieser Sache bei Weitem noch nicht. Die Frage ist, lässt sie sich überhaupt abschließen? Wenn ich an damals denke, dann kommt es mir immer wie gestern vor. Und egal, wie häufig es auch durchgekaut wird, es wird dadurch nicht besser." Max versuchte, sich zu erklären. „Glauben Sie, dass es besser wird?"

„Das war uns von Anfang an klar, dass wir viel Arbeit investieren müssen, nicht? Wenn Sie das hier abbrechen wollen, kann ich das verstehen, aber alles, was wir bis jetzt aufgebaut haben, wäre möglicherweise verloren. Es ginge immer wieder von vorne los." Wendts Manipulation war als solche erkennbar. Max widerstrebte dieses Abhängigkeitsverhältnis jetzt mehr denn je, was seiner Opferrolle noch unnötig mehr Gewicht verlieh. Am liebsten wäre er aufgesprungen, hätte Tschüss gesagt und wäre von dannen gezogen. „Es ist zurzeit etwas stressig?", näherte sich Wendt verbrüdernd an. „Eine Therapie soll natürlich auch nicht unnötig zur Last werden. Ich mache Ihnen einen Vorschlag: Sie bleiben dabei, das ist sehr wichtig, und wir könnten ja mal zwei oder drei Wochen pausieren. Dann haben Sie Zeit zum Nachdenken, vielleicht auch, beruflich auf die Bremse zu treten. Ist das nicht ein Vorschlag?"

Der Therapeut lächelte entschlossen, was Max nur schwer erwidern konnte. „Ja", verließ seinen Mund, eher widerwillig, aber zumindest beschwichtigend.

„Ich streiche jetzt die nächsten zwei Termine", was Dr. Wendt auch verzugslos in seinem Planer umsetzte. „Und wir sehen uns dann in drei Wochen wieder, in alter Frische!"

Max spielte abermals mit. *Schwach angefangen – stark nachgelassen! Super hingekriegt, Määx!* „Das wird wohl das Beste sein. Dann wird auch dieses elende Format endlich abgeschlossen sein." Max schob ein kurzes Lachen ein und warf dann zackig einen Blick auf die Uhr. „Ist ja auch schon wieder rum, die Zeit rennt." Sonst hatte er es sich immer anders gewünscht, aber nun konnte die Zeit gar nicht schnell genug verrinnen. Er wusste nicht, was nun schlimmer gewesen war, hier in der Praxis oder draußen im Knast zu sein. Die Grenze verlief zumindest äußerst unscharf. Er ergriff seine Jacke, warf sie über und verstaute seinen leeren Pappbecher in den weiten Taschen seines Mantels. Der Stoff des Bechers knisterte dumpf. Es machte sich ein Hauch von Erleichterung breit, denn der Blick in die Zukunft ließ keinen Zweifel daran, dass Elendes abgeschlossen und die schwammige Grenze überschritten werden würde. *Denn Wunder gibt es immer wieder …*

31

Der letzte Tag.

2:03 Uhr.

Der nach bäuerlicher Idylle stinkende Festsaal, der nun durch das Wissen, dass hier alles nur Dekoration war, einiges an Wirkung einbüßen musste, stellte sich als bestmögliche Rückzugsgelegenheit heraus. Der Doppeltüreingang ließ sich aus allen Ecken einsehen, und die umliegenden Strohballen boten eine komfortable Sitzgelegenheit. Max machte es sich bequem. Der Rest dieser bemitleidenswerten Opfergemeinschaft, wie er sie ab jetzt zu betiteln pflegte, lief unruhig und nachdenklich im Saal umher.

„Was Menschenmassen nicht schaffen, gelingt doch einem kleinen Problem", sagte Max nüchtern. *Gelingt Rick.*

„Was meinen Sie?", fragte Samner und bestreifte weiter die drohende Eingangstür.

„Ach, nichts Wichtiges, aber wenn ich mich an die unzähligen Statisten unseres Schwedenfestes erinnere, wie sie in Massen diesen Saal vollstopften und ihn doch nicht zum Überlaufen brachten, dann scheint mir doch, dass wir ..." Max zählte leise durch, „dass wir sieben hier und unser Problem diesen Raum zum Platzen bringen. Ich erachte es als ein *Problem*, dass Sie Ihren Schwerverbrecher nicht unter Kontrolle haben." Max verkniff sich ein Lachen, denn er war überzeugt, dass sein Tonfall ausreichen musste, um hier Betroffenheit zu wecken.

„Herr Mathey, überschätzen Sie nicht Ihre Position. Und was noch viel wichtiger ist, überschätzen Sie nicht meinen Kraftaufwand, der Sie davor bewahrt, erneut am Boden zu kleben." Samner schaute Max mit eisigem Blick an. „Tun Sie das bitte nicht."

„Meine Herren, es ist wohl der falsche Ort und auch die falsche Zeit für einen äußerst peinlichen Schwanzvergleich. Wir sollten uns beruhigen und überlegen, wo Richard sein könnte, damit wir das jetzt noch einigermaßen sauber beenden können", versuchte Timm zu schlichten.

„Sprach Timm – Komma – der Coach!", verdeutlichte Max mit einem hämischen Schmunzeln. „Über Ihre Einschaltquoten sollten Sie sich keine Sorgen machen. Die können nur steigen. Und falls Sie beim heldenhaften Versuch, diese Kreatur zu fangen, scheitern sollten, dann wird das sicher Ihrem Ansehen noch weiter von Nutzen sein. Denken Sie nur, der Tod verleiht einem manchmal das, was einem das Leben verwehrt, tragisch, aber doch irgendwie komisch. Passt doch zu Ihrem Metier."

„Es geht hier nicht um Einschaltquoten", verteidigte Timm.

„Es geht doch immer um Einschaltquoten. Das ist der bittere Beigeschmack der Profilneurose." Max zollte der gesamten Runde noch immer ein sehr auffälliges Desinteresse.

„Es reicht!", brüllte Samner durch den Saal.

„Zumindest weiß er jetzt, wo wir sind", bemerkte Paul aufgebracht.

„Wieso, hat etwa bis eben jemand geglaubt, dass er das nicht wüsste? Lachhaft!" *Amateure!*

„Da muss ich wohl recht geben. Es dürfte sehr unwahrscheinlich sein, dass er nicht weiß, wo wir uns gerade aufhalten." Samner blickte düster in eine der Ecken.

„So, Paul, wenn du willst, kannst du jetzt winken." Max hatte sich von seinem Strohballen erhoben, marschierte zum Lichtschalter und versetzte den Saal in grelles Neonlicht. „Du kannst dir eine Kamera aussuchen. Und immer schön lächeln."

„Was?“, Paul schaute mit verwirrtem Gesichtsausdruck in die Kamera an der Decke.

„Also ...“, begann Max. „Wenn er noch hier sein sollte, und davon ist auszugehen, denn man bricht ein Spiel ja nicht nach der Hälfte der Zeit ab, dann hat er sicher ein Auge auf uns geworfen. Und da wir nicht dort sind, wo man Einblick in alle Räumlichkeiten hat, können wir wohl davon ausgehen, dass er dort ist. Es gibt doch einen solchen Kameraraum? Kontrollraum?“ Max richtete sich mit der letzten Frage an Timm.

„Ja, sicher.“

„Abgesehen davon kann er hier nicht weg“, schob Samner ein.

„Das will er auch sicher nicht“, blockte Max ab.

„Nein, nein, er kann hier auch gar nicht weg. Das Gebäude ist verschlossen.“ Samner verließ seinen Posten und hockte sich auf einen Strohballen.

„Wie, das Gebäude ist verschlossen?“

„Herr Mathey, rede ich Suaheli rückwärts? Das Gebäude wurde verschlossen! Von einer privaten Wachfirma, wie jeden Abend.“

„Ich denke, das ist hier alles nur Attrappe.“

„Ja, aber glauben Sie nicht, dass wir zumindest ein gewisses Mindestmaß an Sicherheitsvorkehrungen getroffen haben? Der Laden hier ist dicht. Das ist Voraussetzung, um mit Ihrem Richard spielen zu dürfen. Ganz so dämlich sind wir dann doch nicht! Das Gebäude wird jeden Abend gesichert, um Wegelagerer zu verscheuchen.“

„Das war mal ein Gefängnis“, schaltete sich Timm ein. „Es steht zum Abriss bereit, und da muss halt darauf geachtet werden, dass sich hier keiner wohnlich einrichtet. Wir haben hier eine zeitlich begrenzte Drehgenehmigung.“

„Zum Abriss? Aber wir sind hier, na toll. Dann haben Sie doch sicherlich einen Schlüssel?“, was unterschwellig eher als Forderung zu verstehen gewesen war.

„Natürlich nicht“, stammelte Timm.

„Natürlich nicht. Wie dumm von mir, nur ein Idiot hätte das annehmen können“, brauste Max auf.

„Natürlich haben wir *keinen* Schlüssel. Das macht auch Sinn, angesichts unserer jetzigen Lage“, verteidigte Samner. „Der Wachdienst schließt erst morgen früh um 8:00 Uhr wieder auf. Hier spaziert keiner raus.“

„Also, noch einmal für Dumme: Wir sind hier eingeschlossen. Erst um 8:00 Uhr werden die Pforten wieder geöffnet. Wir haben keinen Schlüssel. Es läuft ein Schwerverbrecher mit der Lust zu töten durch unsere Reihen. Und man kann uns beim Warten zuschauen. Ach, und die Hütte ist für den Abriss bereit. Das hört sich doch gar nicht so schlecht an. Gibt's Pläne?“, rezipierte Max mit ruhiger, gelassener Stimme.

„Das heißt, wir kommen hier jetzt nicht raus?“

„Ja, das könnte man so ausdrücken, Paul! Verwundert dich irgendetwas? Du hast den Teufel an den Tisch geholt. Er hat zugesagt und verlangt nun den Nachtisch! Und da stehen wir nun. Du hast doch nicht geglaubt, dass hier irgendeiner lebend aus dieser Sache wieder herauskommt, oder was?“ Max konnte sich Pauls Gejammere nicht mehr antun. Er hatte sie alle satt.

„Jetzt hören Sie doch auf, den Jungen einzuschüchtern! Suchen Sie sich jemanden in Ihrer Klasse, also, wenn Sie Lust haben, ich würde mich zur Verfügung stellen.“ Samner ballte die Fäuste.

„Herr Samner, dafür, dass Sie Rentner sind, schlagen Sie sich zwar sehr gut, aber Sie vergessen, ich habe meinen großen

Bruder mitgebracht." Max füllte den Saal mit schallendem Gelächter. Ein einsames, abrupt abbrechendes Lachen.

„Auch Ihnen wird das Lachen noch vergehen, das verspreche ich Ihnen, Herr Mathey."

„Glauben Sie mir, das ist mir schon vor Längerem abhandengekommen. Aber nun mal weiter im Text, wo sind denn unsere ganzen Darsteller und der Rest dieser armseligen Aufführung? Es kann doch nicht sein, dass wir hier die einzigen Opfer weit und breit sind?" Max griente Samner provokant an und griff sich nun Timm: „Nein, im Ernst, wo sind die denn alle?"

„Gestern war der letzte Drehtag. Wir haben alle nach Hause geschickt. Nachher kommt nur noch das Abbaukommando." Timm vergewisserte sich mit einem Blick auf die Uhr.

„Also, nur wir sieben? Das sieht doch gar nicht so schlecht aus, wenn man ein oder zwei Weicheier abrechnet!" Max bewarf Peter und Paul mit abwertenden Blicken. „Sind Sie zumindest echt?", wandte er sich an den einzig verbliebenen Wärter.

„Der gehört zu meinen Jungs", ergriff Samner das Wort.

Soll mich das jetzt beruhigen? „Auch Rentner? Ich weiß nicht, ob uns das helfen wird, außer natürlich, wir wollen Anträge für Rentenbezüge korrekt ausfüllen."

„Keine Angst, der gehört noch zum aktiven Personal. Und im Übrigen nennt sich das bei uns Pension."

„Ich gehe davon aus, Sie können für sich allein sprechen?" Max ignorierte Samners unterstützende Art.

„Problemlos", konterte der scheinbare Wärter wortkarg und emotionslos.

„Nun, das hört sich doch sehr erfreulich an. Ungeachtet Ihrer amtsanmaßenden Verkleidung darf ich doch annehmen, dass Ihre Waffe echt ist?"

„Das dürfen Sie, Herr Mathey."

„Das ist ebenfalls erfreulich. Die guten Nachrichten scheinen gar kein Ende mehr nehmen zu wollen." Max schlich zum verdeckten Beamten. „Das bedeutet also, wir haben eine Waffe, mit Munition, hoffe ich?" Max vergewisserte sich nochmals. „Und Ihre Pistole, Herr Samner, ist ebenfalls echt?"

Samner nickte.

„Super, dann können wir ja zwei Gruppen bilden, je eine Waffe, oder?"

„Was haben Sie vor?", forschte Samner mit neugierigem Blick.

„Auf jeden Fall wollte ich hier nicht tatenlos herumsitzen. Ich schlage vor, eine Gruppe verbleibt hier an unserem kuscheligen Lagerplatz, und die andere Gruppe stattet dem Aufnahmeraum einen Besuch ab. Wenn dort alles aufgezeichnet wird, dann sollte doch zu erfahren sein, wo sich Rick aufhält. Und vielleicht finden wir ihn ja auch gleich dort, was ich persönlich natürlich nicht hoffe. Gibt's andere Pläne, Vorschläge und Anträge? Noch leben wir alle." Auch hier konnte Max ein schäbiges Grinsen nur schwerlich versagen. Keine Vorschläge. Keine Anträge. Stille. „Nun gut, dann gehen Sie", Max zeigte überdeutlich auf den vermeintlichen Wärter, „und die Fachkompetenz Timm mit mir. Sie wissen doch, wie wir zum Aufnahmeraum gelangen?"

„Ja ...", begann Timm.

„Ich will's gar nicht so genau wissen, nur hinführen, in Ordnung?", unterbrach Max. „Herr Samner, sagen Sie, Sie haben meinem Bruder keine Waffe gegeben, oder Ähnliches?"

„Was? Natürlich nicht!", stockte Samner mit einem Hauch der Entrüstung.

„Man weiß ja nie. Zugetraut hätte ich's dieser Bande hier, aber nur so am Rande." Max richtete nun seine Häftlingskluft.

Das Gefühl, immer und überall in dieser Kleidung gefilmt worden zu sein, setzte ihm deutlich mehr zu als das dämliche Aussehen dieser unglaubwürdigen Verkleidung. „So, meine Damen“, scherzte er noch, während er mit großen Schritten und mit neu gewonnener Selbstsicherheit der Doppeltür entgegenging. „Und, Herr Samner, sollten Sie nichts mehr von uns hören, dann hoffe ich, Sie verrotten in der Hölle und nehmen den Rest dieser Bagage gleich mit. Nix für ungut. *Mäx* würde jetzt sagen: schönen Unfalltod!“, womit Max die eine der beiden Türen schwungvoll auftrat.

32

Der erste Schritt hinaus aus dem Festsaal war in zweierlei Hinsicht ein Schritt ins Ungewisse. In den ersten Metern des kargen und zugigen Gangs war es kaum möglich, mehr als nur Schatten und grobe Umrisse zu erkennen. Doch für Max war dieser dämmerige Umstand nicht das Ungewisse. Vielmehr blockierte ihn der Gedanke daran, was eine Begegnung mit Rick versprechen könnte. Zumindest nichts Gutes – so viel stand fest. Er verspürte einen stechenden Schmerz in der Brust, als steckte ihm noch immer das Beil fest im Brustkorb. *„Bleiben Sie ruhig liegen, der Notarzt ist gleich da!"*, geisterte ihm wieder durch den Schädel. Spukte die Vergangenheit.

Der Wärter lief voran, doch baute er den Abstand Stück für Stück aus. Timm verstärkte den Eindruck, indem er vorsichtig und mit flachen Schritten immer weiter zurückfiel. „Wir müssen durch den Keller", brachte der Coach entschuldigend vor. „Wenn wir diesem Korridor folgen, kommen wir nicht weit. Der ist versperrt."

„Sagen Sie das nicht mir, Timm. Der gute Mann dort vorne sollte das wissen, also los", trieb Max die verunsicherte Nachhut an. „Hey, warten Sie!", rief er dem Wärter zu, der bereits zielsicher die nächsten Schritte ausleuchtete.

„Na, dann kommen Sie ran, wir haben nicht ewig Zeit", gab der vermeintliche Aufseher zurück und verharrte am nächsten Durchgang.

„Sagen Sie das nicht mir." *Immer diese Wiederholungen*, dachte Max und legte ohne Rücksicht auf Timm einen beträchtlichen Zahn zu. „Der Mann vom Fernsehen sagt, wir müssten durch den Keller."

„Ja, genau, und der Arsch vom Radio kann mich mal!“, platzte es plötzlich aus Timm heraus.

„Solche schmutzigen Worte aus Ihrem Munde? Sie sollten sich schämen! Gerade als Vorbild! Als Coach!“ Max sah keinen Grund, von diesem Sticheln abzulassen.

„Wir müssen durch den Keller“, wiederholte Timm, ohne Max zu beachten. „Über den Keller kommen wir dann auf die andere Seite. Von hier aus gibt es kein Durchkommen, ist wegen Baufälligkeit gesperrt.“

„Na, wenn's nur Baufälligkeit ist. Hat uns doch die letzten Tage auch nicht gekümmert“, gab Max nüchtern zurück.

„Ja, aber das ist nicht das eigentliche Problem. Es ist komplett zugesperrt. Verstehen Sie das?“

„Von mir aus. Ich habe nichts anderes zu tun. Und im Übrigen folge ich dem, der die Verantwortung trägt! Und das können ja nur Sie sein, nicht wahr?“ Max wandte sich nun ebenfalls dem Wärter zu: „Ich glaube, wir müssen durch den Keller.“

„Ich habe es nun auch verstanden. Danke. Wie kommen wir dorthin?“, richtete der Beamte sich wieder an den Coach.

„Diese Tür führt, meine ich zumindest, weiter den Korridor entlang, und die darauffolgende müsste dann zu einem Treppenhaus führen.“ Timm schaute sich orientierend um.

„Dann schauen wir doch erst mal, was hinter dieser Tür liegt. Nach Ihnen“, grinste Max den Wärter an. Es ging weiter auf dem Flur. Das Flackern einer einzelnen Neonröhre vergab wie zuvor nur schemenhafte Umrisse. Es war der einzige Weg zum Saal. Max hatte eine grobe Ahnung, in welche Richtung dieser Gang trieb. Er meinte, sich schwach zu erinnern, Treppen gesehen zu haben, wobei diese wohl nicht den Zugang zu Ricks Verlies darstellen konnten. Der Beamte verharrte nicht vor dem

Durchgang, sondern platzte ungebremst hindurch. Max war von diesem rasanten Vorgehen beeindruckt, aber er wäre nicht ganz so sorglos in den unbekannten Bereich vorgestoßen.

„Hat Sie zumindest ein Statiker beraten, als man sich für dieses Abrissgebäude entschieden hat?“, fuhr Max seinen Hintermann an.

„Ganz so einsturzgefährdet, wie Sie es darstellen, ist es dann doch wieder nicht, Mäx. Sie übertreiben maßlos, wie üblich“, gab Timm zurück, schien aber nicht auf die Provokation eingehen zu wollen.

„Ist mein Job, aber ich meine ja nur. Ich kann mir gut vorstellen, dass Sie und Ihr Sender für alle Eventualitäten abgesichert sind. Nun, aber vielleicht haben Sie ja recht, und das ist alles gar nicht so schlimm, wie ich es üblicherweise auslege. Man stelle sich nur vor, Sie hätten einen Straftäter begünstigt, und das alles nur, um die Quote zu steigern.“

Max erreichte als Erster den Durchgang, den der Beamte gestürmt hatte, stoppte und ließ den Coach herankommen. „Wissen Sie, Mäx, dafür, dass Sie immer so abgeklärt wirken, gehen Sie mir jetzt ziemlich auf die Nerven, wenn ich das mal anmerken darf!“, wehrte sich Timm in einer mehr als überdrüssigen Art.

„Wie ich bereits erwähnte, und das schon häufiger, glaube ich kaum, dass wir dieses Gebäude unbeschadet verlassen werden. Und ein plötzlicher Einsturz wäre wohl die angenehmste Variante. In Ihrer Haut möchte ich nicht stecken! Ich habe zumindest noch den Vorteil der Blutsverwandtschaft auf meiner Seite. Sie wissen ja: Blut ist dicker als Wasser.“ Max ließ damit von dem Möchtegern-Coach ab, der nun ein genügend verunsichertes Gesicht aufwies. Er schritt gut gelaunt durch die Tür und direkt in den Rücken des wartenden Schließers.

„Ach, Sie leben noch, herzlichen Glückwunsch", fuhr er diesen in überfreundlicher Mäx-Manier an.

Timm drängelte sich an den beiden vorbei, verschaffte sich ruppig Platz und steuerte die nächste Tür an. Nur wenige Meter entfernt war eine kräftige Metalltür eingelassen. „Sollten Sie nachher noch Munition übrighaben, dann denken Sie bitte an unseren lieben Mäx", wandte sich Timm mit deutlich verzerrtem Blick an den Wärter, der sich daraufhin ein leichtes Lächeln kaum verkneifen konnte.

„Sparen Sie Ihre Kugeln. Ich werde wohl Ihr geringstes Problem sein. Sagen Sie …", Max passierte nun ebenfalls den Wärter und schlenderte zur angestrebten Tür, „ist schon ein wenig komisch, dass hier alle Türen offen sind, nicht wahr? Für so ein Gefängnis, meine ich natürlich."

„Verstehen Sie jetzt, was ich meine?" Timm richtete sich damit direkt an den Aufseher. „Ein *ehemaliges* Gefängnis! Ein baufälliges Gefängnis, meine Güte noch mal! Sind Sie schwer von Begriff oder tun Sie nur so?"

„Wir sollten uns vielleicht wieder ein wenig beruhigen", fuhr der Wärter in bestimmender Tonlage dazwischen.

„Schauen Sie sich doch einmal die Türschlösser an: ausgebaut! In diesem Gebäude werden Sie, Mäx, man glaubt es kaum, viele bereits demontierte Dinge finden. Es wird ja auch zum Abriss vorbereitet! So, wurde Ihre Neugier jetzt gestillt, können wir jetzt weitergehen? Ohne blöde Kommentare?" Timm war kaum zu halten.

Max lächelte freundlich. „Sie sehen mir aber nicht sehr belastbar aus, was? Ich hätte Sie wohl doch durch die Gitterstäbe pressen sollen, als mich die Lust dazu ein erstes Mal überkam."

„Sie können mich mal, falls ich's noch nicht erwähnt haben sollte! Und im Übrigen wird das hier noch ein Nachspiel haben, da können Sie Gift drauf nehmen!", fauchte Timm.

„Das setzt natürlich voraus, dass wir hier lebend rauskommen. Ich bin jedoch zuversichtlich, dass Sie Ihre lächerliche Drohung nicht mal im Ansatz in die Tat umsetzen können."

„Also, meine Herren, wenn Sie wollen, dann reserviere ich für Sie beide eine Kugel, falls es etwas hilft. Und jetzt: Schnauze!", befahl der Beamte und öffnete nun die Tür zum Treppenhaus.

33

„Le trio infernal!" Max fragte sich, ob er bereits genauso lächerlich und grotesk geworden war wie die erbärmlichen Teilnehmer des fragwürdigen Formats. Vom Moderator einer Radiosendung zum erbärmlichen Teilnehmer einer Fernsehsendung. Das Trio schlich die Stufen hinunter, verließ das beengende Treppenhaus und stieß auf einen Korridor, der unter den schwachen Lichtverhältnissen kaum von seinem Vorgänger zu unterscheiden war. „Was für 'ne Überraschung: ein Gang", verkündete Max. Keiner reagierte. Überdruss lag in der Luft.

„Ich glaube, wir sind zu tief", flüsterte er dem Coach ins Ohr.

„Was?"

Max stampfte kräftig mit dem Fuß auf und beförderte eine Wasserlache in den umliegenden Bereich. „Wir sind auf Grundwasser gestoßen!" Seine beiden Begleiter schienen keinen Spaß an diesen Wasserspielchen zu haben.

„Passen Sie doch auf, wo Sie hintreten!", knurrte ihn der Wärter an und plätscherte vorsichtigen Schrittes weiter den Korridor entlang, die Taschenlampe weit vorgestreckt.

Der gesamte Gang stand bis über die Schuhsohle unter Wasser. „Ein vollgelaufener Keller. Ich hätte diesen Laden hier auch abgerissen", scherzte Max und trottete nun vorsichtig hinter seinen beiden Spießgesellen her. „Vielleicht waten wir auch bereits in unserem eigenen Blut. Wer weiß das schon so genau?"

„Nach der nächsten Brandschutztür sollte wieder ein Zugang zu einem Treppenhaus sein", sagte Timm. Er versuchte, Max' Possen unberührt an sich abprallen zu lassen.

„Sollte? Wieso, kennen Sie sich hier nicht aus?“ Max bemühte sich, den Geräuschpegel niedrig zu halten. „Timm, Sie waren doch sicherlich in dem sagenumwobenen Aufnahmeraum, oder?“

„Na sicher, aber bisher bin ich noch nie durch den Keller dorthin gelangt!“

„Es gibt noch einen anderen Weg?“, hakte Max ungläubig nach.

„Ja, von außen gibt es noch eine Treppe. Von AUSSEN! Und wie Sie sicherlich schon festgestellt haben, kommen wir ja gerade nicht nach draußen! Voilà, und schon stehen wir im Keller!“, belehrte Timm mit siegessicherer, aber abgeschlaffter Miene.

Genau wie versprochen, eröffnete die Brandschutztür die rettende Option: die Tür zum Treppenhaus. Es ging wieder treppauf. Raus aus dem Kellergeschoss. Die Treppenstufen wurden jetzt mit bleiernen Schritten erklommen. Die vollgesogenen Schuhe taten ihr Übriges, um den eintönigen und dunklen Marsch zu erschweren. Max hatte das Gefühl, dass die Ausmaße des Treppenhauses immer sparsamer wurden. Er verwarf diesen abstrusen Gedanken, doch die wenigen Reste des vorgeworfenen Taschenlampenscheins verstärkten nur die beklemmende Gefängnisatmosphäre. Nun bemerkte auch Max erstmals die demontierten Facetten des Gebäudes. Der Treppe fehlte das Geländer. Er griff einige Male in die Höhe, doch da war kein Handlauf. „Hatte die letzte Treppe nicht ein Geländer?“, fragte er ins Dämmrige und tastete weiter zu seiner Linken herum.

„Ich hatte doch gesagt, dass das Gebäude bereits in Teilen entrümpelt wurde. Altmetall und so ’n Zeugs halt.“ Timm war die Anstrengung des Stufensteigens anzuhören.

„Also, Entrümpeln und Demontieren ist doch etwas anderes als eklatante Sicherheitslücken. Passt zu dieser gesamten Veranstaltung, aber vielleicht wäre ein früherer Zeitpunkt günstiger gewesen, um auf das Fehlen einer seitlichen Brüstung hinzuweisen. Meine ja nur."

„Ich habe mich getäuscht", begann Timm, seinem Vordermann zuzukeuchen. „Wir müssen noch eine Etage höher." Auch der Wärter war deutlich langsamer geworden, doch er marschierte ohne ein Anzeichen von Schwäche weiter, während Timm am schmalen Zwischendeck pausierte und sich an der Türklinke des fälschlicherweise angestrebten Ausganges festhielt.

Max setzte zum Überholen an und zwängte sich auf der engen und ungesicherten Plattform an Timm vorbei. „Sie schwächeln doch nicht, mein Lieber?", fragte er beiläufig spöttisch und versuchte dabei, sein angestrengtes Gesicht zu entspannen.

„Keine Angst, Mäx, ich folge schon, keine Angst", wobei Timm noch einige kräftige Atemzüge genoss und erst etliche Schritte hinter Max wieder Fahrt aufnahm.

Der Beamte wartete bereits beim nächsten Etageneingang und beleuchtete die Stufen fürsorglich. „Hier sind wir jetzt richtig?", vergewisserte er sich mit einem dünnen, aber zielgerichteten Zischen.

„Ja, ich glaube, das sieht gut aus", schallte es vom Ende der Reisegesellschaft her. Der Wärter verließ nun den Treppenaufgang und betrat mit einem großen Schritt die Etage, auf der der Aufnahmeraum liegen sollte. Max klebte direkt dahinter und rutschte noch durch die zufallende Tür, die scheinbar wie abgesprochen und peinlichst genau inszeniert das Durchschreiten der beiden mit einem lauten Knall untermalte.

34

Der Wärter und Max verharrten auf dem Korridor im zweiten Stockwerk. Hier sollte der Aufnahmeraum liegen, doch der, der das versprochen hatte, trödelte noch im Treppenhaus herum. Oder: Die zweite Möglichkeit hatte etwas mit einem scharfkantigen Treppenhaus, Max' Bruder Richard und gewaltigen Schmerzen zu tun. „Wo haben Sie denn Ihren Kumpel gelassen?", fragte der Beamte flüsternd, als plötzlich eine menschliche Silhouette am hintersten Ausläufer des Lichtkegels auftauchte. „Hey!", brüllte der Aufseher, legte einen großen Schritt nach und bannte das Gegenüber mit seiner Taschenlampe. „Stehen bleiben!" Noch bevor der Wärter die Silhouette völlig enttarnen konnte, wusste Max, wer es sein musste. Rick. Kein anderer würde in solch heroischer Pose einem bewaffneten Beamten gegenüberstehen. *Noch* fuchtelte dieser nur mit der Taschenlampe, aber nicht mehr lange.

Was sollte das Max kümmern? Und wo zum Teufel bleibt dieser verblödete Timm? Seit diesem Gedanken reagierte Max wie programmiert, wie vorbestimmt. Kümmerte es ihn doch etwas? War Blut tatsächlich so dick, oder warum rannte er jetzt blindlings in eine Sackgasse? Er machte einen gewaltigen Satz nach vorne, beschleunigte wie aus dem Nichts und konnte kurz vor dem Aufprall erkennen, dass sein anvisiertes Ziel gerade im Begriff gewesen war, die Pistole zu greifen. Kurz bevor der Wärter sie aus dem Halfter lösen konnte, hatte sich Max mit vollem Körpereinsatz in dessen Rücken geworfen. Er hatte nur eine Armlänge überbrücken müssen. Im gleichen Augenblick stürmte Rick auf den stöhnenden und pulsierenden Haufen zu, der mehr und mehr einer unfairen Rauferei im

Kindergarten glich. Max versuchte, sich auf dem Rücken des Wärters zu behaupten, presste sein ganzes Gewicht auf all das, was schnaubend und keifend nach Freiheit drängte, bändigte dabei noch immer die widerspenstige Hand des Beamten, die den Pistolengriff umklammerte. Währenddessen begann Rick, den Kopf des Wachmanns zu greifen und ihn mehrmals auf den kalten Betonboden zu schlagen. Immer wieder. Zweimal, dreimal. Er packte nochmals die Haare, verschaffte sich mehr Halt. Viermal. Fünf und sechs nahmen eher verzweifelte Züge an. Es reichte nicht, um die Rauferei zu beenden. Rick kniete bereits auf dem widerspenstigen Schulterblatt und versuchte nun ebenfalls, mit einer Hand nach der Waffe zu greifen, die sich irgendwo zwischen oder unter Max und dem Beamten verfangen haben musste. Die Anstrengungen waren allen vom Gesicht abzulesen. Die Adern pochten unnachgiebig und schienen bei nächster Gelegenheit platzen zu wollen.

Ein ohrenbetäubender Knall.

Max' Gesicht war binnen Sekunden kreideweiß geworden. Eine Gänsehaut überzog seinen ganzen Körper, als er von seiner Unterlage keine Gegenwehr mehr verspürte. Ricks Gesicht entledigte sich ebenfalls der Anspannung, verfiel jedoch eher in eine Art Routine. Max lag noch immer regungslos auf dem leblosen Wärter, der bis auf Ricks eine Hand, die sich auf dem kalten Boden abstützte, alle anderen unter sich begrub.

„Du hast ihn umgebracht", entfloh es Max' starrem Mund. Vor lauter Entkräftung ließ er seinen Kopf auf den Rücken des Beamten sinken.

„Man könnte fast denken, ihr kuschelt. Wenn ihr euch auf die Seite legt, könnt ihr Löffelchen machen", scherzte Rick mit einem verschmitzten Grinsen.

Max riss nun seinen Kopf empor: „Du hast ihn umgebracht!“ Die pulsierende Zornesröte fuhr wieder in sein Gesicht.

„Bruderherz, also, ich möchte dich nur sehr ungern enttäuschen, aber …“ Rick begann, sich langsam zu regen, baute in den Beinen Spannung auf und zog sehr behutsam seine Hand unter dem Wärter hervor. Er rappelte sich auf, ergriff die Taschenlampe und beleuchtete das Resultat der Rauferei. „Du sollst doch keinen deiner Mitspieler schlagen, Maximilian! Auf dem Pausenhof wird nicht geprügelt, wie oft denn noch“, verhöhnte Rick mit selbstgefälligem Lächeln.

Die Tür zum Treppenhaus öffnete sich und Timm trat vorsichtig in den düsteren Flur. Er bekam den Lichtkegel der Taschenlampe direkt ins Gesicht. „Mäx? Was hat denn so geknallt? Ist alles in Ordnung?“

„Ja, ja, hier ist alles in Ordnung“, versicherte Rick und begann, den Weg für Timm auszuleuchten. „Maximilian hat nur den Wärter erschossen.“

„Was ist passiert?“, wollte der Coach hastig wissen und näherte sich mit kurzen Schritten dem abgeklungenen Tumult. Kurz davor geriet er ins Stocken und ließ Max nicht mehr aus den Augen, der noch immer über dem ausgeschalteten Aufpasser ruhte.

„Ich habe ihn nicht umgebracht!“, versicherte Max mit ernster, aber brüchiger Stimme. Langsam gab er seine Stellung auf und befreite vorsichtig die Hände vom schlaffen Körper. Erst durch die nun einsetzende Bewegung drang wieder Gefühl in die bereits vergessenen Hände. Er spürte Wärme. Er spürte, wie eine seiner Hände etwas fest umklammert hielt. Er konnte es nicht loslassen. Auch wenn Max es schon beinahe vermutete, so gab ihm doch erst der eigentliche Anblick seiner blutverschmierten Hand die Gewissheit, hier mehr als nur ein

Statist zu sein. Er konnte nicht loslassen. Das hatte er noch nie gekonnt. Er konnte die gottverdammte Waffe nicht loslassen. Max kniete jetzt neben dem Toten, beide Hände mit warmem Blut bedeckt, das sich zähfließend den Weg zu seinen Ärmeln bahnte. Er konnte seinen Blick nicht davon abwenden: „Ich habe ihn nicht umgebracht", war das Einzige, was er sagen konnte, auch wenn alles andere für ihn kaum zu glauben gewesen war – wie auch sonst alles an diesem Ort.

„Ich will dich ja nicht unnötig korrigieren, aber: doch. Du hast den ehrenwerten Mann dort aus dem Leben gepustet. Kein anderer." Rick leuchtete nochmals zur Sicherheit auf Max' blutige Hände. „So hast auch du mal etwas von Dauer geschaffen. Du machst Fortschritte." Max richtete die Waffe auf Rick. „Was soll das werden, wenn's fertig ist?", erkundigte sich Rick unbeeindruckt.

„Lassen Sie ihn nicht entwischen, Mäx!", forderte Timm aus dem Hintergrund.

„Meine Güte noch mal, können wir dieses dämliche *Mäx* mal sein lassen? Ich könnt' kotzen!" Ricks Gesichtsausdruck war nicht mehr lustig oder freundlich. Er wirkte angewidert. „Genau, Maximilian, lass mich bloß nicht entwischen! Ich könnte sonst noch jemanden töten! Ach, stimmt, das war ich ja gar nicht. Vielleicht solltest du *dich* nicht entwischen lassen. Ganz dämliche Situation, Brüderchen!"

„Lassen Sie sich nicht von ihm bequatschen! Geben Sie mir die Waffe!", drängte Timm.

„Bequatschen lassen? Dass ich nicht lache. Wer bequatscht denn hier bitte wen? Und im Übrigen: Ich bin anwesend. Sie brauchen also nicht so zu tun, als könnte ich Sie nicht hören." Rick trat einen kleinen Schritt zurück, leuchtete die Szene aber noch immer treffend mit der Taschenlampe aus. „Also,

Maximilian, du kannst ihm die Pistole geben, aber schau ihn dir doch an, der zittert mehr als unser Freund hier unten in seinen letzten Zügen. Das sieht nicht sehr vertrauenswürdig aus. Nicht, dass ihr euch noch gegenseitig erschießt. Es geht mir nicht um ihn, aber mein einziger Bruder? Tu uns den Gefallen und lass dich von mir bequatschen! Ich bin wohl der Erfahrenste in solchen Situationen."

Tod, Verderben und andere unschöne Attribute. Ja, das sind seine Situationen.

„Mäx, hören Sie nicht auf ihn! Das lässt sich alles regeln, nur lassen Sie ihn nicht fliehen!" Timm wirkte selbst sehr unsicher, was seinen Abstand zu der gesamten Situation noch zunehmend verdeutlichte. Max hatte keinen Blick auf den rückwärtigen Flur. Er fixierte einzig und allein Rick.

„Wenn er noch einmal Mäx sagt, dann bring ich ihn um, auch ohne Waffe, wenn es sein muss." Rick widmete sich nun mit einem hasserfüllten Gesicht dem entfernten Timm. Selbst für Max war es eine neue, noch beängstigendere Seite seines Bruders. „Haben Sie das verstanden? Wir nennen Sie auch nicht Timmi! Wir geben Ihnen keinen verblödeten Namen, über den alle Welt lachen kann, oder? Ist denn das so schwer?" Rick versuchte, wieder herunterzufahren. „Maximilian, du weißt doch, wie sehr ich Grundsatzdiskussionen hasse, zumindest die, die zu nichts führen. Ich würde ihm nicht die Waffe geben, also, wenn ich du wäre."

„Er versucht, Sie zu manipulieren. Hören Sie nicht auf ihn", beschwor Timm weiter und setzte noch ein allseits beruhigendes „Maximilian" hintenan.

„Na, geht doch! Es sollte immer genügend Zeit für Höflichkeiten sein, Timm! Doch nun im Ernst, die Situation ist etwas verfahren. Fassen wir zusammen: Du kannst ihm die

Waffe geben, aber was dann? Egal, was man mir anhängt, ich bin bereits im Knast. Für mich würde sich nichts ändern. Deine Situation sieht da allerdings etwas ungünstiger aus. Es gibt wohl keinen Zweifel daran, dass du diesen engagierten Mann zu unseren Füßen getötet hast."

„Aber, ich habe ... so wollte ich das doch gar nicht", setzte Max mit glasigem Blick hinzu. „Das war ein Unfall!"

„Ja, aber ein Richter könnte das anders interpretieren. Du bist ihm nicht zufällig in den Rücken gesprungen. Drogen hast du auch keine genommen. Das sieht mehr als eindeutig aus. Im Übrigen hältst du die Mordwaffe noch immer in deinen Händen – ziemlich doof, das Ganze." Rick war wohl der Einzige hier, der einen Hauch von Professionalität ausstrahlte.

„Na los, Maximilian, geben Sie mir die Waffe, na, kommen Sie." Timm schien sich nicht geschlagen geben zu wollen.

„Denk dran, er zittert. Das ist schon nicht mehr schön, das musst du dir angucken, echt." Es schien Rick keinerlei Anstrengung zu kosten, zwischen seinen schöpferischen Denkergüssen spöttische Ablehnung zu Timm hinüberzuwerfen. „Gibst du ihm die Waffe, dann wirst du wohl oder übel den Kürzeren ziehen. Vielleicht gibt es bald eine neue Show: *Video Killed The Radio Star* – Fernsehmoderator setzt Radiomoderator dingfest! Aber jetzt mal die *Narretei* beiseite, was denkst du denn, was dir hiernach blüht: Ruhm? Ich glaube wohl kaum, mein Lieber. Er wird dich ans Messer liefern. Besser einer hält den Kopf hin als alle – ist doch logisch."

„Das stimmt doch gar nicht! Maximilian, glauben Sie ihm kein Wort, wir bekommen das schon hin."

„Du sollst ihm glauben? Der glaubt sich nicht einmal selbst. ‚Schon hinbekommen', dass ich nicht lache. Maximilian, bei solchen Versprechungen wäre ich vorsichtig, sehr vorsichtig."

Rick starrte Max mit strengem und ernstem Blick an. „Viele Möglichkeiten hast du nicht, Bruder. Ich kann dir die Entscheidung auch nicht abnehmen, aber entscheiden musst du dich, denn ich hab ja auch nicht ewig Freigang." Rick lachte wieder. „Ich kann dir aber sagen, was ein Mann aus gutem Hause machen könnte: Drauftreten oder Drübersteigen."

„Maximilian, ich bitte Sie! Jetzt überlegen Sie doch mal, wollen Sie es noch schlimmer machen, als es bereits ist?" Timm kam einen Schritt näher, stoppte jedoch abrupt, als Max sich plötzlich umdrehte und ihn mit verachtenden Blicken abstrafte. *Noch schlimmer?*

„Ich glaube, das war ein Eigentor." Rick konnte sich das Gekicher kaum verkneifen.

„Das hätten Sie sich vielleicht früher überlegen müssen!" Max war wieder hellwach. Seine Augen glühten. „Ich hatte Ihnen von Anfang an gesagt, dass das hier eine Schwachsinnsidee ist. Wir werden bis zu den Knöcheln in Blut baden! Komisch, dass ich der Einzige war, der sich so etwas ausmalen konnte! Ja, bis zu den Knöcheln!" Max bestaunte seine Hände, wie paralysiert stand er nun da, die Pistole immer fester umklammernd. „Aber, dass es diese Knöchel sein würden, hätte ich auch nicht gedacht."

„Merken Sie nicht, wie er Sie beeinflusst? Das macht doch alles keinen Sinn mehr." Max nahm Timm jetzt sogar beinahe die Coach-Rolle ab. Er trug etwas Fürsorgliches in der Stimme. Aber da war noch etwas. Da war Furcht.

„Wenn du ihn erschießt, dann achte darauf, dass die Waffe entsichert ist, was sie ja noch sein sollte, aber du kriegst das schon hin", meldete sich Rick eher nebenbei zu Wort.

Timm stand die Panik spätestens jetzt deutlich ins Gesicht geschrieben. Sein wildes Gestikulieren wirkte hilflos. „Überlegen Sie in Ruhe! Wir wissen doch beide, dass Ihr Bruder diese Situation für sich nutzt. Wollen Sie genauso werden wie er? Wollen Sie ein Mörder werden? Sie sind doch ein ehrenwerter Mann, ein Vorbild für Ihre Hörer! Wenn Sie mir schon nicht die Waffe geben wollen, dann kommen Sie mit mir, wir holen die Polizei, die regelt alles!"

Wann hat denn die Polizei bitte irgendetwas geregelt? Wir haben doch schon Polizisten dabei, und? Trotzdem sind wir hier! Also, besten Dank, nein! „Du solltest es beenden, er fängt an zu winseln. Wie ich das hasse: vor der Kamera die große Fresse, aber wenn es ernst wird, den Schwanz einziehen." Max richtete die Pistole auf Timm. Die Sicherung stand bereits richtig. Beide Hände umklammerten verkrampft den Griff. Der Zeigefinger lag zittrig am Abzug. „Sicherung? Und du musst tiefer zielen", warf Rick ein.

„Halt die Schnauze, Rick!", schrie Max.

„Maximilian, machen Sie keine Dummheit!" Timm schien sich der heiklen Lage mehr und mehr bewusst zu werden. „Bitte, ich habe Frau und Kinder! Ich flehe Sie an, das können Sie nicht tun, bitte!" Timm hielt die Hände nach oben und versuchte, Max mit verzweifelten Blicken zu erreichen.

„Jetzt kommen Sie uns doch nicht mit dieser Tour, Timm. Gleich erzählen Sie noch, Sie hätten Mama und Papa. Das ist keine Ausrede." Rick näherte sich Max' Rückseite, stand schräg versetzt hinter ihm. „Bring es zu Ende. Wenn du zögerst, glaubt er vielleicht noch, du würdest kneifen, und dann rennt er weg, und dann sieht das für einen Richter auch nicht mehr nach Selbstverteidigung aus", hauchte er Max ins Ohr.

„Das glauben Sie doch nicht wirklich, oder? Dass Sie damit durchkommen? Ob Sie mich nun erschießen oder nicht, damit kommt keiner von Ihnen davon!" Timm versuchte, seine letzten Reserven für ein Aufbäumen zu mobilisieren. Es wirkte schier ein wenig trotzig.

„Zumindest jammert er jetzt nicht mehr", kommentierte Rick gelassen.

„Mäx, ich flehe Sie an, bei aller Vernunft, bitte!"

Die Augen waren fest zugekniffen. Der Knall hallte unaufhörlich im Korridor umher. Es schien für Max ein immer wiederkehrender Schlag aufs Trommelfell zu sein. Erst als Rick ihm die vorgestreckte Waffe behutsam entnahm, erkannte Max, dass es lediglich ein Schuss gewesen war. Eine kurze Entscheidung, die für beide, für Timm und Max, einen endgültigen Schnitt darstellte.

„Radio Killed The Video Star! Kannst die Augen wieder öffnen. Und: Beim nächsten Mal kannst du mich bitte rechtzeitig vorwarnen, damit ich mir die Finger in die Ohren stecken kann! Ich wollte nämlich noch ein bisschen was von meinem Gehör haben."

Geht eben die Welt zugrunde

Die heutige Veranstaltung neigte sich ihrem Ende zu, und auch ich wankte bereits mit der Menge und fieberte dem Höhepunkt entgegen. Es sollte nicht mehr lange dauern, denn ich vernahm schon einen meiner Kollegen auf der Tribüne, wie er sich vorbereitete, die Hände tief nach unten absenkte, das Publikum anwies und mit lautem Gegröle und verzerrtem Gesicht die Arme in die Höhe trieb. Auch mein Gesicht bildete abnormale Züge. Die Art von Kerben, die dieser Job so mit sich bringt; und es ist eine Kunst für sich, diese Kerben zu einem Lachen zu verbinden, reine Routine, eine Berufskrankheit. Der Treibkraft meines Kollegen ausgesetzt, dem reißenden Fluss meiner Gäste folgend, drückte ich die Schultern noch ein wenig tiefer. Wie eine Feder, die auf Auslösung harrte, sprangen nun die Arme der Welle nach, die Schulter zog …

… doch mehr auch nicht! Ich blieb hängen. Ich schaffte es nicht, meine Hände aus den Hosentaschen zu befreien. Etwas hielt mich unten, fesselte die Hand und gab sie nicht frei. Alle Hände waren bereits emporgestreckt, wedelten und schwangen, ähnlich weißer Fahnen. Dann der ohrenbetäubende Lärm, ein Zeugnis letzter Schlachten. Und bei Erreichen des höchsten Punktes war alles still. Nur ich schrie noch, drückte Luft durchs zugekniffene Gesicht, presste, zwang die Luft nach draußen, um es den Händen vorzumachen. Ich erfüllte den Raum weiter mit Lärm. Sie sollten hören, wie man sich befreit! Sie sollten endlich kapitulieren, denn ich konnte nicht mehr kämpfen! Meine Hände rissen und zerrten im Takt meiner Zunge, wüteten und bebten zum Klang meiner Melodie, entlockten, untermalt von mir, der Tasche ihr Innenleben. Stück um Stück, bis sie vollständig nach

außen getreten waren, und ich einen hastigen Blick auf meine Finger werfen konnte: Schönstes Garn, Halt meiner Hose, legte sich um je einen der Finger, verwickelte mit Lahmheit, verknotete mit Leichtigkeit – stellte mich fest. Am höchsten Punkt.

35

Der letzte Tag

3:23 Uhr

„Dafür, dass du sonst immer so lammfromm tust, kann ich dir jetzt nur zu deinem neuen Ich gratulieren – voll in die Visage und ohne mit der Wimper zu zucken!“ Rick setzte sich zu seinem Bruder auf den Boden, direkt ins Schlachtfeld.

„Das war eine Rettungsaktion“, stammelte Max, die Augen weit geöffnet und ungläubig.

„Das ist mir schon klar, eine Rettungsaktion. Der Typ hier hätte mich mit an Sicherheit grenzender Wahrscheinlichkeit ebenfalls umgenietet.“ Rick trat mit dem ausgestreckten Bein gegen den leblosen Körper des Wärters. „Also, nochmals danke, dass du mir den Arsch gerettet hast. Ich würde jetzt zwar sagen, du hast was bei mir gut, aber es stellt sich die Frage, wer hier was für wen getan hat, he?“ Ricks Schädel schlug unsanft, aber scheinbar gewollt gegen die raue Betonwand. Er hatte schon als Kind Spaß an so etwas gehabt. Schmerzen beflügelten ihn seit jeher.

„Du könntest mir vielleicht erzählen, wie wir, vielmehr ich, wieder aus dieser Scheiße herauskomme“, kommentierte Max, sichtlich zerstreut. Dagegen vermittelten Ricks Augäpfel unter den geschlossenen Lidern einen beschäftigten und ruhelosen Eindruck.

„Es ist nicht ganz so schlimm, wie es den Anschein macht“, beruhigte Rick und fuhr mit seiner Schuhhacke feine Schlieren in die sich immer weiter ausbreitende Blutlache. „Also, ich habe die Aufzeichnungen meines Aktes.“ Er zückte eine Videokassette unter seinem Häftlingshemd hervor und begann, das Magnetband in aller Ruhe abzurollen und zwischen seinen Beinen aufzuschichten. „Hast du Feuer?"

„*Was* willst du?" Max war noch immer fest von dieser surrealen Situation gefangen. Es blieb kaum Luft zum Atmen, kaum Platz für Ablenkung. Er wünschte, er wäre aus diesem Albtraum erwacht, schon viel früher, doch jetzt schaffte es das klebrige Rot zwischen seinen Fingern, alles mit einem Hauch von Realität zu überziehen – einem Hauch, dem man nicht durch bloßes Erwachen entkommen konnte. *Ich muss raus hier!*

„Ich brauche ein Feuerzeug – du rauchst doch", sagte Rick.

„Ja, sicher ..." Max kramte das gewünschte Feuerzeug aus seiner Hosentasche hervor, die Kippen gleich mit. Bevor er es weiterreichte, steckte er den brennenden Glimmstängel in seinen Mund und saugte schonungslos daran. Wie ein eisgekühltes Getränk in der Wüste.

„Ich weiß ja nicht, mit welchen Hinterwäldler-Sendern du so zusammenarbeitest, aber das kommt davon, wenn man keine digitale Aufzeichnung verwendet." Ein breites Grinsen kommentierte in beinahe andächtiger Weise das sich unter den Flammen windende Videoband. „Weißt du, Maximilian, es wäre viel aufwendiger gewesen, die gesamte Anlage abzuschalten oder anderweitig zu manipulieren, aber so geht es natürlich auch, viel einfacher!", lachte Rick, während er den aufsteigenden Qualm mit der flachen Hand verteilte.

Kain und Abel! Aber wer von beiden bist du?

„Du hattest das alles geplant, oder?"

„Na ja, man muss schon wissen, worauf man sich einlässt, und da die Herren so freundlich waren, mich herumzuführen – da macht man sich halt Gedanken."

„Du bist krank! Natürlich hattest du das alles geplant! Ich hätte es wissen müssen, ach nein, ich hab's ja alles gewusst!"

Max schlug sich mit der Hand auf die Stirn und beförderte seinen Kopf direkt an die Wand. Zur Sicherheit malträtierte er die Begrenzung gleich noch einmal mit seinem Schädel. Es wurde kein Traum. Es schmerzte nur. Hier gab es kein Erwachen.

„Wie gesagt, man kann alles machen, man muss nur wissen, worauf man sich einlässt. Aber, um beim Wesentlichen zu bleiben, meine Schandtat gibt es jetzt zumindest nicht mehr in Bild und Ton." Rick lachte.

„Dir macht das auch noch alles Spaß, nicht wahr?"

Ja, aber darüber hinaus kann er das auch ungemein gut!

„Ich müsste lügen, wenn ich das leugnen würde, aber ganz so berechnend, wie du mich immer darstellst, bin ich nicht. Und im Übrigen, in Ketten ist das auch gar nicht so einfach."

„Apropos Ketten! Wie bist du denn aus dieser Nummer herausgekommen?"

„Fake! Du glaubst doch nicht immer noch, dass hier irgendetwas echt ist, oder? Kein Gefangener in irgendeinem Gefängnis dieser Welt wird so gehalten. Na gut, es gibt sicherlich welche, aber garantiert nicht in Deutschland. Das ganze Kellerverlies war nichts weiter als eine Puppenkiste. Ich habe vermutlich sogar noch ein größeres Bett in meiner richtigen Zelle gehabt als du – nobel geht eben die Welt zugrunde! Ach, hattest du einen Fernseher?" Rick tat das, was er neben dem Morden am besten konnte.

„Und was machen wir jetzt?", versuchte sich Max wieder auf das Wichtige zu konzentrieren.

„Das Gute ist, dass hier keiner raus noch reinkommt, zumindest nicht bis morgen früh. Es gibt kein Videoband mehr, das mich bei meiner Arbeit verraten könnte, und hier auf diesem Gang gibt's auch keine Kameras, sieht also fürs Erste gar nicht so schlecht für dich aus", stellte Rick nüchtern fest.

„Aber hier sind doch überall Fingerabdrücke und was es noch so für 'n Scheiß gibt, keine Ahnung!" Max überflog seine blutigen Finger mit fieberhaften und ängstlichen Blicken. Er schaute zu Rick hinüber und stellte fest, dass dieser sich ebenfalls nicht vom Blut freisprechen konnte. „Das ist doch alles voll von uns!"

„Jetzt beruhigen wir uns und atmen tief durch, oder rauch noch eine." Rick machte wieder einen routinierten Eindruck. Für Max gab es zu diesem Zeitpunkt keinen beruhigenderen Anblick. Wie sich Rick anscheinend das Hirn zermarterte. Die wühlenden Augen. Mit einem seichten Lächeln auf den Lippen. Max war bereits jenseits des Normalen. Seit Langem. Jeglicher Anflug von Emotionen oder ähnlicher Befindlichkeiten war hier und jetzt schlichtweg Ressourcenverschwendung. Max rauchte. „Also, mit absolut weißer Weste kommst du hier vermutlich nicht mehr raus, so viel steht fest, aber wir können es ein wenig verwischen."

„Können wir die Bude nicht abfackeln?", platzte es aus Max heraus, wobei ein leichter Hauch von Erleichterung in seiner Stimme mitschwang. War das die Lösung?

„Würde das Problem mit den Fingerabdrücken beseitigen, zumindest einigermaßen, aber ich bin da kein Experte. Ohne Benzin sieht die Sache bei diesem Betonklotz allerdings sehr dünn aus. Es gibt jedoch vorrangig andere Probleme."

Max zog so kräftig an seiner Zigarette, dass sich bereits erahnen ließ, wie wenige Nikotinschübe ihm dieser Glimmstängel bereiten würde. Doch waren all diese nüchternen Berechnungen nebensächlich geworden, denn nun beruhigte erstmals ein anderer Umstand, eine Vermutung, die drohend als Tatsache im Raum stand: Es war sehr stark davon auszugehen, dass ihn das Rauchen wohl nicht ins Grab bringen würde. Seine Gedanken kreisten um scheinbar banale Dinge, einfache Gleichungen, die selbst ein Schuljunge problemlos lösen könnte. Es war so simpel, dass es schon beinahe beängstigend wirkte: er oder die Anderen. So einfach war es.

Die oder ich!

„Welche Probleme? Bis auf die offensichtlichen!" Max' Frage war rein rhetorischer Natur. Die Anderen waren offensichtlich zum Problem geworden.

Die!

„Deine Freunde, Maximilian. Also, das Pack, das dich hierhergeschleppt hat. Wenn du ohne diese beiden Kameraden wieder auftauchst, bist du fällig. Noch bevor du Hallo sagen kannst, hat dich der Rentnerbulle über den Haufen geschossen."

„Der hat ja noch 'ne Waffe", stellte Max plötzlich fest und war tatsächlich erstaunt, denn er hatte diesen bekannten Sachverhalt längst verdrängt.

„Sag bloß! Natürlich hat der 'ne Waffe, nicht, dass er sie nicht schon jedem gezeigt hätte. Man sieht's auch an seinem Gang. Der wird den Braten riechen, mal abgesehen davon, dass er dich eh schon auf dem Kieker hat."

„Paul und dieser alte Laiendarsteller sind wohl weniger das Problem", bemerkte Max beiläufig.

„Jupp", wobei sich Rick vom kalten und schmierigen Untergrund aufschwang.

Der Weg zurück, also zum Verräterpack, wie es Max als unaufhörliche phonologische Schleife im Schädel umherrannte, war wie im Flug vergangen. Selbst als er nun wenige Zentimeter vor der trennenden Tür verweilte und willentlich versuchte, sich an die letzten Minuten zu erinnern, den anstrengenden Treppenparcours zu rekapitulieren, war es nicht möglich, auch nur einen Gedankenschnipsel zu erhaschen – wie weggeblasen. Gerade noch hockte er neben seinen Leichen, und jetzt lauerte er weiteren Opfern auf? War es tatsächlich so? War er seiner Opferrolle endgültig entflohen? Auf der anderen Seite der Schwenktür waren die Anderen. Es musste also so sein.

Kain!

Doch dieser Umstand verwirrte ihn nur sehr kurz, denn es gab Wichtigeres zu tun. Es galt, die Weste zumindest einigermaßen weiß zu halten, und der jetzige Blick auf seine blutbeschmierte Häftlingskluft verdeutlichte das aktuelle Unterfangen noch zunehmend.

Die oder ich!

36

Max öffnete vorsichtig die eine Doppeltürseite und sah, dass sein geplanter Handstreich unter einem günstigen Licht stand, denn das Restgesindel schien keine Notiz von seinem Türöffnen zu nehmen. Er umklammerte die Pistole fest mit seiner Rechten und betrat vorsichtig den mit Stroh entstellten Speisesaal. Samner stapfte auf und ab, weit hinten im Raum, mit zu Boden geneigtem Blick. Die anderen Witzfiguren saßen mit dem Rücken zur Doppeltür.

Bewegliches Ziel: Aufsatz und Vorhalt beachten, schien es Max in den Nacken zu flüstern. Ein selbstverständlicher Gedanke. Gerade als er den ersten Schritt machen wollte, sah er im Augenwinkel etwas Gelbes, etwas Kleines. Er zuckte lautlos zurück und erkannte, wie ein zierliches, scheinbar schutzloses Küken vor ihm auf der Türschwelle hockte. Sämtliche Gedanken an den bevorstehenden Überfall waren dahin. Er schien das Opfer eines Überfalls zu werden. *Wie er es hasste – Opfer zu sein.* Jemand musste es dort abgestellt haben. Jemand, der wusste, dass er nun reinplatzen würde. Aber wer konnte das wissen? Vor allem, wer kannte diese dämliche Kükengeschichte? Keiner konnte sie kennen. Es war Ricks Geschichte. Für Max. Für keinen anderen. Und kein anderer hatte sie zu Gesicht bekommen. Das dachte er zumindest. Eigenständige Konturen formten sich in dem niedlichen Küken. Ein Gesicht schien sich im Gefieder abzuzeichnen, ragte imposant und für Max sichtbar aus dem Tier hervor. Winzig, doch es erweckte den Eindruck, ein Eigenleben zu entwickeln und zu wachsen. *Du musst drauftreten!*, konnte er vernehmen, hauchdünn, aber mehr als deutlich. Er hörte fast nichts anderes. *Du musst drauftreten!* Die Stimme kam eindeutig von woanders her. Er wagte einen flüchtigen Blick in Richtung seiner Beute. Die drei Figuren standen nun und fixierten ihn aus der Entfernung. Sie mussten ihn gesehen haben, denn das grelle Licht des Speisesaals warf seine Ausläufer über Max. Er musste erkannt worden sein. Aber es war egal, wer hier nun wen sehen konnte, denn ihm wurde schlagartig klar, dass ihn das Küken zuerst gesehen hatte. Und da es ja nun zu dieser Bande gehörte, war sein Unterfangen seit dem Türöffnen ausspioniert worden, also nicht einmal mehr im Ansatz zu halten.

Du musst drauftreten!, konnte er abermals hören, und es schien aus ihren dreckigen Mäulern zu kommen. Alle – Paul, Peter und auch Samner – schienen, es auf den Lippen zu tragen. Max konnte diesen Satz nun immer und immer wieder hören.

Du musst...

Er tat es.

Mit aller erdenklichen Wucht trieb er den Schuh zu Boden. Der klatschende Hall sorgte für Panik in allen Gesichtern.

„Mäx?“, bekam er entgegengeworfen. Das Küken war weg. Widerstandslos hatte sein Schuh auf den Boden eingeschlagen. Da war kein zierliches Geschöpf dazwischen. Kein Knacken. Kein Matsch. Das Viech war weg. Das Gesicht auch. „Mäx, geht's dir gut?“ Paul erhob sich von seinem Strohballen und kam der Doppeltür bedrohlich nahe, als er plötzlich stoppte und mit weit aufgerissenen Augen in den Lauf einer Pistole schaute.

„Das mit dem Küken war echt 'ne kluge Nummer, nicht schlecht, Paul! Hätte gar nicht gedacht, dass du so ein hinterfotziges Arschloch bist!“

Samner zückte seine Pistole und richtete sie auf Max. „Sind Sie noch ganz bei Trost?“, schrie der Polizist. „Nehmen Sie die Waffe runter! Was ist denn in Sie gefahren?“

„Und am Ende heult wieder einer! Ach, das Spiel kennen wir doch alle! Also, das mit dem Küken war echt nicht schlecht“, sagte Max. Er wollte sich nicht einlullen lassen. Er grinste unbeirrt in die Runde.

„Haben Sie jetzt völlig den Verstand verloren? Wo sind die anderen?“

„Wissen Sie, Samner, das ist eben eine von den Geschichten, wo am Ende einer heult, also in diesem Fall zwei. Haben Sie etwa gedacht, ich werde mit zweien Ihrer Truppe nicht fertig? Lachnummer kann ich da nur sagen. Ihr Kollege hat sich zwar sehr tapfer geschlagen, aber dafür, dass er professionell ausgebildet ist, hätte man mehr erwarten können. Der andere hat nur geflennt. Das war nicht schön.“

„Okay, Herr Mathey, Sie nehmen jetzt die Waffe runter und …“

„Ihnen ist aber schon klar, dass ich gerade gar nicht mit Ihnen rede, oder? Sie haben Funkstille“, strafte er Samner ab und verschob sich so, dass Paul direkt in beider Schussbahn stand. „Wer hätte das gedacht, du bist ja doch noch zu etwas zu gebrauchen. Also, Paul, sag doch auch mal was dazu. Durch blödes Gaffen hilfst du dir jetzt auch nicht weiter. Glaub mir, ich weiß, wovon ich rede. Ich starre hier nur blöd grinsend durch die Gegend, und schau an, wo ich hingekommen bin. Also, zu unserem Küken.“

„Welches Küken, Mäx?“

„Jetzt verkauf mich doch nicht für blöd! Das verfickte Drecksvieh! Das, was du hier platziert hast! Du denkst, ich weiß davon nichts? Das ist von ganz oben eingefädelt, nicht wahr? Vom Chef? Nur weil ich das scheiß Drehbuch nicht gelesen habe, heißt das noch lange nicht, dass ich dämlich bin oder von gestern!“

„Bitte, Mäx, hier ist gar nichts eingefädelt, wirklich!", versuchte Paul zu beschwichtigen und einen vorsichtigen Schritt nach hinten zu machen.

„Na, Kamerad, immer schön hierbleiben. Und bitte keine Heldentaten", wobei Max den Arm mit der Knarre noch ein wenig kräftiger durchstreckte, um mehr Überzeugung zu vermitteln.

„Du bist doch ein Spinner!" Max schrak auf. Der Stimme nach könnte es nur Samner gewesen sein.

„Was?" Max beugte den Kopf leicht, um an Paul vorbeischauen zu können. „Was willst du, Penner?", traf er den Beamten.

„Du bist ein kleiner, verwirrter Spinner, mehr nicht! Du bist doch zu blöd, um mit der richtigen Seite zu schießen! Da sag noch einer, nur Fernsehen verblödet. Mit dir steht das Radio in nichts nach!" Max versuchte, nicht in Rage zu geraten. Es war eines dieser schlechten Psychospielchen. Man wollte ihn testen. Aber nicht mit ihm, so viel stand fest. Er wollte sich nicht unnötig reizen lassen, auch wenn es für ihn einen Hochgenuss darstellen könnte, hier die Sau rauszulassen, aber noch nicht.

„Netter Versuch, Samner, aber meinst du nicht, du bist ein wenig zu alt für diesen Spielkram?" Max präsentierte ein überhebliches Grinsen, das Beste, das er seit Langem mal wieder zu bieten hatte.

„Das ist kein Spielkram. Das sind Tatsachen. Du bist und bleibst ein beschränkter Spinner. Wäre es Spielkram, dann würde ich mir mehr Mühe hinsichtlich deiner Betitelung geben. Spinner entspricht den Tatsachen, mehr nicht."

„Würde ich aber auch sagen", meldete sich Peter zu Wort, der sich dabei wieder auf den Strohballen setzte und nur über seine Schulter sprach.

Samner sicherte seine Waffe und steckte sie in das Schulterholster. „Siehst du, die zweite Meinung bestätigt all das", sagte er.

„Obwohl", Peter hakte sich wieder ein, „es gibt sicherlich Spinner, die wir beleidigen würden, wenn wir ihn dazuzählen, meinst du nicht? Man müsste das also vielleicht ein wenig mehr differenzieren."

„Einigen wir uns doch auf ... *absolut verblödeter Spinner,* ja?"

„Ja, das klingt nach Eingrenzung genug", versicherte Peter abschließend.

Du musst drauftreten!

„Was?", brüllte Max plötzlich mit zugekniffenen Augen und hochrotem Kopf. Wer hatte das gesagt? *Na, Paul hat das gesagt.* Max fixierte Paul mit zornigen Augen.

„Na, drauf, halt. Wenn, dann musst du schon drauftreten, ansonsten funktioniert es nicht, wirklich!" Paul kramte in seiner Hosentasche und präsentierte Max danach das süße und zerbrechliche Küken in seiner Hand.

Du musst drauftreten! Paul hatte dieses Mal keinen Mucks von sich gegeben.

Ist auch kein Wunder, Samner hatte es gesagt! Du bist aber nicht gerade der Hellste, was?

„Wer von euch war das?" Max fuchtelte ziellos mit der Pistole im Raum umher. Mit der anderen Hand wischte er sich unaufhörlich übers Gesicht. „Hab ich's doch gewusst, ihr steckt alle unter einer Decke!", keifte Max seine aufsteigende Wut Paul direkt entgegen.

„Aber das Gesicht gehört nicht zu uns", gab Peter aus den hinteren Reihen sachlich und ruhig, scheinbar nicht den Ernst der Lage verstehend.

Richtig, das Gesicht gehört nicht dazu, findet aber auch, dass du ein ganz übler Spinner bist!

„Na, aber bitte, wir hatten uns doch auf *absolut verblödeter Spinner* geeinigt. Wir wollen doch keine verallgemeinerten Beleidigungen von uns geben“, richtete Paul an das flauschige Gefieder des Kükens. Max konnte wieder die Gesichtskonturen im kleinen Tier sehen, die immer deutlicher an Größe gewannen. Jetzt begriff er, dass das Gesicht wunderschön war. Es paralysierte ihn, wie beim ersten Mal auch, doch jetzt fiel es ihm wie Schuppen von den Augen. Es war diese stumme Schönheit, diese sanfte Symmetrie. Man spielte hier ein ganz übles Spiel mit ihm. Er hätte das Drehbuch lesen sollen. *Aber Spinner lesen nun mal keine Drehbücher!* Ihm explodierte fast der Schädel. Er konnte keinen klaren Gedanken fassen. Er drehte sich, um auch jedem Winkel dieses Saals seine glasigen Augen zu zeigen. Er kratzte sich mit der zittrigen Hand und der darin befindlichen Pistole an den Schläfen. Es juckte nicht, aber das Reiben am kalten Stahl beruhigte. Er hatte bereits das Gefühl, direkt auf Knochen gestoßen zu sein.

„Herr Mathey, seien Sie vernünftig! Nehmen Sie die Waffe runter!“

Hallo, der Polizist hat mit dir gesprochen! Ja, mit dir!

„Ja!“, platzte es orientierungslos aus Max heraus. Er konnte durch seine verschleierte Sicht erkennen, dass Paul nicht mehr vor ihm stand. Kein Küken. Kein Gesicht. Peter und Paul standen aufgereiht hinter Samner, der unmissverständlich und zielsicher Max ins Visier genommen hatte. Er blieb unbeabsichtigt mit der Pistole an der Schläfe fixiert stehen. Erst mit der nun eingetretenen Stille wurde ihm seine äußerst ungünstige Position bewusst. Es waren gleich zwei Waffen auf ihn gerichtet.

Typisch für 'nen absolut verblödeten Spinner! Aber selbst das vergeigst du!

„Sie bewegen sich jetzt keinen Millimeter! Haben Sie das verstanden? Ich warne Sie im Guten, wenn Sie sich bewegen, sehe ich mich genötigt, zu schießen! Haben Sie mich verstanden, Herr Mathey? Ich meine das ernst!"

„Ich fall' auf deine Scheiße nicht mehr herein! Wo ist das Küken?"

„Mensch, Mäx, es gibt kein Küken!", versuchte Paul hinter Samners Rücken zu versichern.

„Herr Mathey, ich meine es ernst. Ich zähle jetzt bis fünf, und dann legen Sie Ihre Waffe langsam zu Boden."

„Dann hab' ich mir das Küken nur eingebildet?"

Würde für dich als absolut verblödeter Spinner sprechen, meinst du nicht?

„Halt die Schnauze!"

„Eins!"

„Das würde euch so passen!"

„Los, Mäx, mach, was Herr Samner sagt, los!"

Na los, Mäx, mach Männchen! Wuff! Mach, wie Herrchen befiehlt!

Max trat einen Schritt zurück. *Das hat er aber nicht gesagt!*

„Zwei!"

„Haltet alle die Schnauze! Ich weiß doch, was hier läuft. Ihr habt mir Drogen gegeben oder so! Ja, irgend so etwas muss es gewesen sein. Das war mir von Anfang an klar! Ihr steckt alle unter einer Decke!"

„Drei!"

„Was willst du, scheiß Bulle, machen, mich erschießen? Das könnte dir so passen, was? Mein Bruder läuft hier noch irgendwo herum, und der wird dich dann kaltmachen! Glaub mir!"

Dein Bruder ist weggelaufen. Wer kann's ihm auch verübeln? Keiner steht gerne auf der Verliererseite!

Max biss sich auf die Lippen, ballte die freie Faust und versuchte, sich zu kontrollieren. Er war kaum in der Lage, einen geschlossenen Gedanken zu formulieren. Seine einzige Hoffnung war, dass ihm keiner diese Verzweiflung ansah.

Man sieht's! Und das sieht gar nicht gut aus.

Ich sehe es auch! Ja, sieht ganz schön scheiße aus! Genetisch bedingt, auf jeden Fall.

Max atmete tief ein. „Deine Drohung zieht bei mir nicht. Die anderen beiden Figuren haben es auch versucht, und ..." Max ließ mit der freien Hand seine Kluft flattern und warf einen Blick an sich hinunter. *Scheiße, was? Wenn man schon droht, dann doch mit etwas Stabilem!* Max wurde kreidebleich. Da war nichts auf seiner Häftlingskluft zu sehen, nichts. Gar nichts! Ein wenig Dreck vielleicht, aber kein Zeugnis der letzten Stunden. Kein Blut! Wo war das Blut hin? Er hatte doch darin gelegen! Die Hände sollten doch zumindest blutverschmiert sein. Das waren sie aber nicht! Er war doch kein Opfer mehr! Er war Täter?

Spinner! Ähm, absolut verblödeter Spinner!

Ja, stimmt!

„Vier!"

Was wurde hier mit Max gespielt? Er wusste es jetzt selbst nicht mehr. Fakt war jedoch, dass er sich genau hier und jetzt in einer mehr als bedenklichen Situation befand. Das Küken konnte dafür nicht mehr herhalten, es musste etwas anderes sein. Etwas viel Größeres. Vielleicht waren es tatsächlich Drogen, vielleicht wurde er auch anders gesteuert. Er hatte die Nacht mit diesem Timm in der Zelle verbracht. Ein personifizierter Lügner. Was dann auch das Küken erklären würde.

Wenn er aber nun kein Blut an seinen Händen hatte, dann bedeutete das ja, dass an diesem Ort noch zwei weitere Verräter herumlungern. Zwei, die dazugehörten zu dieser Drecksbagage.

Gleich sagt er fünf …

… und schießt dir die Rübe zu Brei.

Max musste eine andere Route probieren. Er hatte es diesem Samner zugetraut.

„Is ja gut, ich leg die scheiß Knarre ja weg, okay? Immer mit der Ruhe! Wie hättest du es denn gerne?“

„Nichts übereilen! Legen Sie die Pistole langsam auf den Boden und schieben Sie sie dann vorsichtig zu uns rüber. Vorsichtig“, sagte der Beamte angespitzt. Max tat, wie ihm aufgetragen wurde. Die Waffe fand ihren neuen Bestimmungsort. Gerade, als Samner ihm entgegenschritt, mobilisierte Max all seine verfügbare Energie und rannte in den hinter ihm liegenden schwarzen Korridor. Er hörte noch einen Knall. *Der Arsch hatte tatsächlich geschossen! Wie nicht anders zu erwarten.* Er ließ sich nicht beirren. Nicht mehr. Er rannte. Hörte nicht auf, so schnell er konnte. Bis die Muskeln brannten. Bis die Lunge nicht mehr konnte.

37

Der Knall des Schusses hatte Max nicht nur aufgeschreckt, er hatte ihn zurückgeworfen. Samner hatte wirklich geschossen. Das war unglaublich, absurd. Warum sollte man auf ihn schießen? Max war ein anständiger Typ, und Mäx war beliebt. Er erinnerte sich nicht, dass er je mit seinem Mäx angeeckt war, nie ernsthaft jemandem vor den Kopf gestoßen hatte. Wie auch? Mäx war alles andere als ernsthaft.

Aber richtig clever seid ihr beide nicht, was?

Dass auf den geschossen wird, war doch bloß 'ne Frage der Zeit. Hätte man sehen können ...

Für 'nen absolut verblödeten Spinner aber nicht verwunderlich.

Ich sag's ja: Ein Normaler hätte es kommen sehen. Und ein Normaler hätte dann auch nicht die Knarre weggeschmissen!

Nicht clever, aber wir hätten auch nix anderes erwartet.

Aber laufen kann er, wie ein Mädchen.

Seine eigenen hastigen Schritte im nassen Schmutz des Bodens begannen, sich zu vervielfachen, wurden zu einem rhythmischen, hämischen Kichern – Ricks Lachen, das nun von allen Wänden zu kommen schien und den Korridor füllte: *„Du hast ihn umgebracht, Mäx! Der Clown ist jetzt ein Mörder! Du gehörst zu mir!"* Die Stimmen von Paul und Timm mischten sich verzerrt und höhnisch darunter: *„Radio Killed The Video Star! Die Quote ist im Keller, Mäx! Lächeln und Winken!"* Die Worte waren wie scharfe Nadeln, die in sein Trommelfell stachen. Er konnte nicht weghören, nicht überhören. Es bahnte sich seinen Weg und blockierte ihn von innen.

„Haltet die Schnauze!“, schrie Max, und doch blieb ein leises Kichern, ein Raunen im Hintergrund. Er musste sich sammeln. Alles musste Teil der Show sein. Auch die Stimmen. *Nein.* Eine Inszenierung, deren Protokoll er jetzt dringend prüfen musste. Er war schließlich der Profi.

Nimm die, wir sind doch Freunde, nicht?

Hast du dem Spinner jetzt wirklich eine Taschenlampe gegeben?

Max rannte weiter. Der feuchte, modrige Geruch des Kellers schien ihm nun die Luft aus der Lunge zu pressen. Er riss die Arme hoch, um die erdrückenden, unsichtbaren Stimmen wegzuschlagen. Seine Hand, in der er die Taschenlampe hielt, zitterte so stark, dass ihr Lichtkegel wild über die Wände zuckte und die Schatten zu bedrohlichen, tanzenden Fratzen verzerrte. Er stoppte seine Flucht im dunklen Korridor, seine Brust pumpte. Er war der Regisseur, der seine Bühne kontrollieren musste. Er tastete die Wand ab, auf der Suche nach einem Lichtschalter oder einem Notausgang, fand aber nur feuchten, abblätternden Putz.

Er ist der Regisseur, du hast ihn gehört. Und wenn der so weiter an den Wänden rumfummelt, wird mir schlecht. Der Wand auch. Und im Übrigen, aber nur unter uns: Die Batterien sind fast alle! Aber sag's dem Idioten nicht.

Seine Taschenlampe fixierte er auf den Boden. Er suchte nach Markierungen, nach Hinweisen. Plötzlich, dort auf dem schmutzigen Beton, fand er etwas: ein zusammengefalteter Zettel, wie ein zerknüllter Regieplan. Er faltete ihn hastig auf. Es war kein Zettel, sondern ein Requisitenplan. Dass die Stimmen in seinem Kopf nicht echt sein konnten, klar, eine Halluzination, und auch die Taschenlampe, die man ihm dankenswerterweise geliehen hatte, war selbstverständlich nicht echt. Dafür war ihr Licht auch viel zu schwach. Die Batterien waren am Ende. Wer so etwas Unzuverlässiges verleiht, der konnte doch gar nicht echt sein, oder? Doch der Requisitenplan, der war real, so real, dass das feine Papier knisterte. Darin stand der Plan der nächsten Szene. Max scannte die Zeilen fieberhaft:

Szene 37: Die Groteske (Korridor 3, Sektor B)
Akteur: MAXIMILIAN M.
Status: Ausbruch, Panik (Echtzeit-Wahn)
Ziel: Das Verlangen des Zuschauers befriedigen (Flucht und Auflösung)
Nächstes Set-Objekt: Das Dilemma-Objekt muss an der Bar platziert werden.

Für einen Sekundenbruchteil sah er im Schein der Lampe große, schwarze Blutflecken an einer Ecke. Er blinzelte. Es war nur alter, abgeblätterter Putz. Er blinzelte erneut, und die Flecken waren wieder da, dampfend und frisch, als hätte sich der Tatort im Keller auf den gesamten Komplex ausgebreitet. Max spürte den Schmerz seiner Wunde in der Brust nicht mehr; er fühlte nur noch das kalte, glatte Beil in seiner Hand, dessen Gewicht ihn in den Boden zog, obwohl er wusste, dass er die Pistole hielt.

Das ist die Taschenlampe. Die Pistole hattest du Idiot doch weggeworfen!

Er stieß gegen eine Gittertür, die quietschend aufsprang. Dahinter lag ein Parallelgang, schmaler und dunkler. Und in diesem Gang hörte er Schritte. „Glaubst du dir eigentlich selbst, Bruderherz?“ Rick sprach ihm nicht nur in den Kopf, sondern aus der Dunkelheit vor ihm. „Ich bin du! Du kannst mir nicht entkommen!“ Max musste Rick nicht sehen, um zu wissen, dass er da war. Die Schritte waren identisch mit seinen eigenen, aber einen halben Takt verschoben – ein unheimliches Echo, das seine Verzweiflung verspottete. Jeder Schritt war ein Verrat an sich selbst.

Er stolperte weiter, die Geräusche wurden dichter. Er sah sich kurzzeitig in einer glänzenden Fläche spiegeln, aber sein Gesicht war das von Rick: kahl geschoren, kalt lächelnd.

Status: Ausbruch, Panik (Echtzeit-Wahn)

Ein leises, technisches Sirren drang durch die Tür am Ende des Gangs. Vorsichtig näherte er sich und presste das Ohr an das kalte Metall. Er hörte die Stimmen von Paul und Samner, gedämpft, aber deutlich. Sie sprachen nicht über die Polizei, sondern über Quoten.

„Er läuft genau, wie wir es geplant haben", raunte Pauls Stimme. „Die Panik ist authentisch, aber die Abzweigung links war ein Fehler. Er ist zu schnell."

„Lass ihn laufen", entgegnete Samner mit der kalten Ruhe eines Mannes, der seine Rolle perfekt spielte. „Wir schließen ihn am Fluchtpunkt ein. Er muss zur Bar, damit er das Dilemma-Objekt findet. Es ist seine nächste Szene."

Die Erkenntnis traf Max mit der Wucht eines Hammerschlags. Sie hatten ihn bewusst eingeschlossen. Er war nicht auf der Flucht, er war Teil eines detaillierten Skripts. Sie waren nicht seine Kollegen, sie waren seine Aufseher, die seine Situation – und er war mittlerweile sogar gewillt, sie als Krise zu bezeichnen – zur Unterhaltung orchestrierten. Er zerknüllte den Plan, dieses Mal knisterte das Papier nicht in seiner Hand, und stieß einen wütenden, aber lautlosen Schrei aus. Wenn das alles nur eine Szene war, dann würde er sie beenden. Er war der Regisseur, der wieder die Kontrolle zurückgewinnen musste. Er würde nicht fliehen, er würde zur nächsten Markierung gehen. Er würde zur Bar gehen.

Max fixierte die Tür, aus der ein warmer, betörender Schein drang. Das Licht wirkte nicht wie ein Zufluchtsort, sondern wie eine Bühnenbeleuchtung. Er erkannte das Licht als den Köder, den er schlucken musste. Er trat die Tür auf. Und da, im Lichtkegel des Eingangs zur Bar, stand Paul.

„Schön, dass du da bist, Mäx, aber zu früh. Du bist zu schnell. Hast du das Drehbuch gelesen?“, fragte ihn sein Assistent, und sein Blick verriet bereits, dass er die Antwort kannte und sie ihm nicht gefallen würde.

„Nein, Paul, das habe ich nicht. Wie oft denn noch? Und wieso brauchen wir überhaupt ein Drehbuch? Hatten wir jemals eines bei den anderen Sendungen?“, parierte Max, und er war wütend, wusste nur nicht mehr, auf wen. Ein wenig ärgerte er sich auch über sich selbst. Er hätte dieses Scheißdrehbuch einfach lesen sollen, hätte ihm eine Menge blöder Fragen erspart.

„Wirklich, Mäx? Deine Antwort macht mich traurig, echt. Ich weiß gar nicht, ob ‚traurig‘ das richtige Wort ist. Enttäuschend. Du enttäuschst. Ja, das ist es wohl eher. Wir, Mäx, haben jedes Mal ein Drehbuch! Und dass du das nicht weißt, wirft noch mehr Fragen auf. Aber lassen wir das. Warum haben wir ein Drehbuch?“

„Ja, warum, he?“

„Hättest du es gelesen, dann wüsstest du, dass du zu früh bist. Dann hättest du dir Zeit gelassen. Dann hätten wir die nächste Szene gut vorbereiten können. Das nennt man Professionalität. Das ist, was heute den Unterschied macht. Die sehen das. Das Internet ist voll mit Scheiße. Nur die gute, professionelle Scheiße setzt sich durch. Darum. Aber ich hätte auf Brahm hören sollen", vergab Paul abschließend mit einem leichten Seufzer.

„Was hat der gesagt?"

„Der hat mich gefragt, ob ich das *wirklich* mit dir machen will. Und dieses ‚wirklich' hatte er genau so betont. Und er schaute mich väterlich an. Als bräuchte ich dich nicht mehr, als sei ich bereit. Er sagte, deine besten Zeiten seien vorbei, Mäx."

„Besten Zeiten vorbei, dass ich nicht lache! Die ganze Scheiße hier würde ohne mich gar nicht funktionieren. Du solltest mich ersetzen, ja?"

„Ja, Mäx, ich! Das ist gar nicht so abwegig. Ich lese nicht nur die Drehbücher, ich schreibe sie sogar. So sieht das nämlich aus. Deine Zeit ist vorbei, diesen Eindruck vermittelst du zumindest. Du hattest doch keinen Bock auf das hier, oder?"

„Aber das heißt doch noch lange nicht, dass ich ersetzt werden kann."

„Doch. Aber ich habe mich trotzdem für dich eingesetzt. Ich habe Brahm gesagt, dass du gerade eine schwere Zeit hast: Bist ein wenig krank, läufst deswegen neben der Spur, hast dir aber professionelle Hilfe geholt, und die Medikamente sind auch nicht ohne. Fazit: Das ist nur eine Phase und du wirst schon wieder. Nur wegen mir bist du hier!"

„Wegen meines Bruders bin ich hier!"

„Quatsch, selbst der wollte eigentlich nicht mit dir arbeiten. Er sagte, dir fehle der Biss. Du seist eher der absteigende Ast in eurem Stammbaum. War echt kein schönes Gespräch; du warst mal mein Idol, Mäx. Und jetzt ist ‚traurig' das richtige Wort dafür. Dich so zu sehen, macht mich wirklich traurig, echt."

Max war sprachlos. Wenn er derart negativ auf seinen Chef und die Kollegen wirkte, warum hatte ihn nie jemand darauf angesprochen? War er so weit abgehoben, dass sich niemand mehr an ihn herantraute? Max hatte immer versucht, nahbar zu bleiben. Aber so war das mit dem Versuchen. Manchmal reichte das nicht aus, und ja: Er hätte das Drehbuch lesen sollen. Er war unprofessionell. Er hatte den Biss verloren. Mäx hatte stets das gewisse Etwas, das, was Leute lieben.

„Und jetzt?", fragte er zögerlich.

„Wir wiederholen die Szene. Du guckst mir zu traurig, das passt nicht. Wir brauchen: Ausbruch, Panik, Echtzeit-Wahn. Wir verändern die Szene aber ein wenig. Hier hast du die Pistole wieder. Wir schneiden es später einfach oder verkaufen es als etwas anderes. Wir setzen wieder an, wenn du durch die Doppeltür in den Korridor fliehst und Samner dir hinterherschießt. Und jetzt verfolgt er dich, das sollte dir Panik machen, hörst du? Also, wieder zurück, Mäx."

Max eilte wieder an den Anfang des Korridors, durch die Gittertür und hielt an einer Markierung auf dem Boden. Die war ihm beim ersten Durchgang nicht aufgefallen, aber er kam ja auch aus dem angrenzenden Raum gestolpert, war also im übergangslosen Szenenwechsel untergegangen. Aus dem Stand heraus stolperte er jetzt den dunklen Gang entlang, die Gittertür knallte er auch dieses Mal hinter sich zu, und der Lärm lieferte ihm wieder keine Befriedigung. Das Echo von Ricks Stimme, das aus der Dunkelheit vor ihm kam, war nicht nur eine Drohung; es war eine Übernahme: *„Du gehörst mir!"* Der Gang war plötzlich enger, die Luft stickiger und noch kälter. Die Feuchtigkeit schien jetzt fester zu sein, fast wie ein Schleim, der sich an seine Kleidung klammerte. Max presste sich an die nasse Steinwand und keuchte. Die Taschenlampe in seiner Hand fing an zu flackern. Mit jedem Aussetzen des Lichtstrahls stürzte er tiefer in eine Welt, in der die Grenzen zwischen dem, was er war, und dem, was er getan hatte, verschwammen.

Die Schritte in der Dunkelheit vor ihm wurden lauter. Sie waren nun perfekt synchron mit seinen eigenen, wie ein grotesker Marsch. Er hielt inne, aber die Schritte liefen weiter.

Er wagte es nicht, sich umzudrehen, denn er wusste, dass Samner irgendwo hinter ihm lauerte, aber er *musste* sich dem stellen, was vor ihm war. Er hob die zitternde Lampe und zwang den Schein in die Dunkelheit. Für einen Moment sah er nichts außer dem glänzenden Schwarz des Bodens, das von stehendem Wasser gespiegelt wurde. Dann, ganz am Ende des Ganges, sah er die Umrisse einer Gestalt. Sie war zu groß, zu dunkel, um menschlich zu sein. Sie stand still.

„Du bist ein Narr, Mäx", wisperte die Stimme aus der Gestalt. Es war nicht Rick, es war eine tiefere, ältere Stimme. „Du denkst, du kannst auch nur etwas an dem hier ausrichten? Das ist unmöglich. Die Show muss weitergehen, Mäx. Never change a running system. Die Quote ist jetzt *perfekt.*" Die Gestalt hob eine Hand. Im spärlichen Licht sah Max, dass sie etwas hielt – eine Axt, deren Klinge im schmutzigen Licht aufblitzte. Es war *seine* Axt, die ihn und seinen Bruder miteinander verband. Und nun hielt Rick sie.

Plötzlich spürte Max einen Schmerz in seinem eigenen Rücken, so heftig, dass ihm der Atem stockte. Es war der Schmerz der Axt, die in seine eigene Wirbelsäule eindrang. Er schrie nicht; er wimmerte. Er stolperte rückwärts, die Pistole in seiner Hand fühlte sich nun kalt und unwichtig an. Er war nicht der Jäger. Er war das Opfer in seinem eigenen, inszenierten Horrorstück. Das einzige Entrinnen war, die Geschichte zu beenden.

Du bist nicht mal der Regisseur, du beendest hier gar nix, Kumpel!

„Nein!“, röhrte Max, die Stimme rau und fremd, kaum wiederzuerkennen. Er hob die Pistole und zielte. Er drückte ab. Der Schuss war dumpf in dem engen Gang. Das Licht der Taschenlampe erlosch. *Na, endlich!* Und die Dunkelheit verschluckte den Clown. Max fiel. Er spürte, wie das kalte Wasser ihn umspülte, und das Echo von Ricks hämischem Lachen war das letzte Geräusch, das er hörte, bevor die Stille des Korridors ihn endgültig verschlang.

Plötzlich, am Ende des Korridors, durchbrach ein warmer, einladender Schein die Dunkelheit. Es war ein Licht, das nicht nach Gefängnis roch, ein Lockruf, der ihn aus der Kälte herauszog. Es wirkte nicht wie ein Ausweg, sondern wie ein betörender Anreiz. Eine Pause. Er musste dieses Licht erreichen, um der Dunkelheit seines Bruders zu entkommen. Raus aus dieser Szene. Warum er gerade jetzt an eine ‚Szene‘ dachte, konnte er nicht sagen. Es war egal. Samner hatte ihm hinterhergeschossen. Max rappelte sich auf. Der Rücken fühlte sich immer noch so an, als würde eine Axt drinstecken. Vielleicht hatte der Alte aber auch getroffen. Vielleicht steckte eine Kugel in seinem Rücken und brachte ihm einen langsamen Tod. Alles egal. Er schüttelte den Gedanken ab. „Schwachsinn“, sagte er sich und humpelte auf die Tür am Ende zu. Die Angst vor dem, was hinter der Wärme lauern mochte, war geringer als die Angst vor dem, was hier auf ihn lauerte. Er wollte nicht in Dunkelheit sterben. Er riss die Tür auf und taumelte in die gelblich beleuchtete Kantinenbar.

38

Mäx' Wohnung.

Der Regen prasselte beständig gegen das große Fenster und erzeugte ein monotones Geräusch, das die Stille im Raum betonte. Die Wohnung war modern gestaltet, mit freigelegtem Beton an einer Wand, dunklen Designermöbeln und minimalistischer Kunst. Max saß in einem Ledersessel – äußerst teuer, aber dafür auch unglaublich bequem –, seine Beine waren mit einer Decke bedeckt, während sein Arm eingegipst in einer Schlinge ruhte. Erst in diesem Moment bemerkte er den lädierten Arm, und er konnte sich keinen Reim darauf machen. Die Verletzung kam ihm derart fremd vor, wie auch er sich in dieser Wohnung deplatziert fühlte, die eindeutig schrie: „Ich bin Mäx' Wohnung, find mich geil!"

An der Tür klingelte es. Es war Paul.

„Mäx! Mann, wie geht's dir?", rief Paul, als Max die Tür öffnete. „Ich dachte, ich schau mal vorbei. Machst du es dir gemütlich?"

„Ging nicht anders", sagte Max.

Paul blickte kurz auf Max' Arm. Ohne Rücksicht auf die augenscheinliche Verletzung schlug er ihm aufbauend auf die Schulter. Sah er denn den Verband nicht?

„Ich wollte nur kurz nach dir sehen. Ich störe doch nicht, oder?"

„Nein, Paul, du störst nicht. Komm rein."

„Ich weiß gar nicht, ob man das so macht, weißt du?", stammelte Paul, während er Max' Fingerzeig Richtung Couch folgte und sich staunend im großen Wohnbereich umschaute. „Schön hast du's hier, Mäx."

„Danke. Du weißt nicht, ob man *was* so macht?“ Max hatte nur eine grobe Ahnung davon, was seinem Assistenten hier Unbehagen bereitete. Er selbst hatte sich erst langsam daran gewöhnt. Nur hatte er den Vorteil, dass er sich vierundzwanzig Stunden damit herumschlagen durfte. „Mich besuchen?“

„Ich meine, ja, nein, eigentlich eher nach deinem Gesundheitszustand fragen, also …“ Paul lächelte verlegen und nahm dabei Platz.

„Ob du mich fragen darfst, wie's mir geht, ja? Wenn ich mich erkälte, fragst du doch auch?“

„Ja, aber du bist doch …“ Paul druckste herum, und Max musste sich ein Lachen verkneifen.

„Doch, Paul. Du darfst. Jetzt, wo ich offiziell als *verrückt* eingestuft bin, darfst du mich fragen, wie es mir geht.“

„Ich dachte nur, vielleicht geht das zu weit. Man redet auch nicht viel darüber.“

„Über den verrückten Mäx?“

„Nein, so meine ich das gar nicht, nur redet man im Allgemeinen nicht so über psychisch Erkrankte wie über Menschen mit Erkältung.“

„Stimmt, aber beides kann passieren. Und zu deiner Frage: Ja, es geht mir wieder besser. Danke der Nachfrage. Danke den Medikamenten.“

„Ich soll dich auch vom Brahm grüßen und dir alles Gute wünschen.“

„Sollst du nicht.“

„Stimmt.“ Paul grinste verlegen. „Ich soll dich in Ruhe lassen. Blumen oder Pralinen gibt's auch keine. Er sagt, du bist durchgeknallt – alles kein Problem, meint er, passiert den Besten –, ich soll nur erst mal die Pillen ihren Job machen lassen, bevor ich dich belästige. Er meint, das dauert.“

„Er ist zwar ein Arsch, aber er hat recht. Dauert."

„Aber dir geht's schon besser!" Sein Assistent hörte sich wie seine Mutter an.

„Ja, Paul, mir geht's wieder besser", sagte Max, behutsam, wie er es seiner Mutter versichert hätte. *Mäx* hätte hier ganz andere Worte gefunden: „Komm mal runter, Paul! Das ist doch kein Hexenwerk, das ist Schadensbegrenzung Deluxe! Hör zu, wenn so ein Hirn mal einen Totalausfall hat, wie bei mir hier, dann ist das ganz einfach: Der Doc schmeißt die Antipsychotika ein. Das ist wie ein Reset-Knopf für die Festplatte, damit die Stimmen und der Wahn mal die Klappe halten. Muss schnell gehen, sonst gibt's Dauerschaden. Dann muss der Spinner reden, reden, reden. Der Therapeut quatscht ihm nicht den Wahn aus – das wäre unprofessionell – sondern er gibt ihm eine neue Story für die Scheiße, die passiert ist. Das nennt sich dann ‚Umgang mit dem Trauma erlernen' – also die offizielle Märchenstunde für den Patienten. Und dann muss der Patient zurück in die Spur. Feste Zeiten, Kaffee kochen, Radio hören. Das ist wie ein guter Sendeplan: Er muss funktionieren. Kurz gesagt: Pillen rein, die Reality-Show im Kopf ausschalten, und dann hoffen, dass er lange genug durchhält, bis der nächste Schub kommt." So hätte Mäx die erstmals auftretende Episode einer schizophrenen Psychose und den weiteren langwierigen Behandlungsverlauf erklärt, aber er ersparte Paul diese Masche. Sie überdeckte und belastete nur. Helfen tat sie niemandem. Max verkniff sich also, was ihm bereits drängend auf der Zunge lag. *Mäx* verpflichtete, halt.

„Gut zu hören. Seit du weg bist, ist auch der Chef ein wenig genervt, kurz angebunden, mehr Arsch als sonst." *Der Goldesel ist weg*, dachte Max. „Ich hatte nämlich eine Idee für eine Sendung. Ich glaube zurzeit nur nicht, dass er offen für Neues ist. Er trauert dir nach, ganz sicher", sagte Paul und lachte dabei. „Und ich wollte meine *wirklich* gute Idee nicht sterben sehen. Ich muss warten, bis er wieder gute Laune hat, erscheint aber aussichtslos."

„Also bist du hier bei mir, bei einem Verrückten, dem es zwar schon wieder etwas besser geht, vor dem dich aber dein Chef gewarnt hat, um deine *wirklich gute Idee* zu präsentieren? Du willst meinen Segen?"

„Und ich wollte nach dir sehen, natürlich. Auch gegen den Rat meines hochgeschätzten Chefs. Ich würde jetzt nicht so weit gehen, dass dein Segen von besonderem Wert für mich wäre, und wenn's dir nicht gefällt, schiebe ich es eh auf deinen Geisteszustand. Du bist also nur der Crashtest-Dummy. Also, bereit?" Max verzog sein Gesicht nur zu einem Lächeln. Paul erstaunte ihn immer wieder, oder wie sagte man so schön: Stille Wasser sind tief. Er vergab ein wohlwollendes Nicken, und Paul setzte fort, als wäre es alternativlos gewesen: „Aber lass mich erst ausreden, Fragen zum Schluss. Das gesamte Konzept basiert auf der bewussten Verquickung von zwei sensationslüsternen Quoten-Garanten: ländliche Naivität und kriminelle Gefahr. Wir verkuppeln Gefängnisinsassen mit Bäuerinnen. Es wird also ein Reality-Radio-Format. Im Einzelnen gab's das sicher schon alles, aber in der Kombination so sicher noch nicht."

„Okay."

„Was heißt: *okay*, he? Machen deine Tabletten dich gleichgültig?" Paul schaute ihn unsicher an.

„Vielleicht ist es ja dein Konzept?"

„Vielleicht ist es bei dir im Hirn noch nicht angekommen?"

„Was ist die Prämisse?"

„Die Prämisse? Die Sendung zielt darauf ab, das voyeuristische Verlangen der Hörer nach Elend zu befriedigen. Der

Knasti sucht nach Erlösung; und Heidi ist unkompliziert. Tolle Kombination. Es geht darum, *dass* etwas schiefgeht. Das ist die beste Quote. Erwartbares Elend. Alle anderen Kuppelsendungen versuchen es noch mit wahrer Liebe, aber das interessiert niemanden."

„Also lautet deine Prämisse: Die moderne *Lustgesellschaft* sucht stets das Extrem, um sich selbst zu bestätigen, ja?"

„Ja, warum nicht."

„Erwartbares Elend ist aber langweilig. Und dann auch noch im Radio, ich weiß nicht so recht."

„Es geht längst nicht mehr um die Paare – das sollte jeder erkannt haben. Zuschauer erwarten Dramen, aber das Ausmaß können wir beeinflussen. Genau da müssen wir ansetzen. Elend steigern. Nur damit lassen sich die Quoten nach oben treiben, nicht?"

„Dein *Konzept* ist sexistisch und bedient tradierte Rollenklischees."

„Wirklich, Mäx? Deine Antwort macht mich traurig, echt. Ich weiß gar nicht, ob ‚traurig' das richtige Wort ist. Enttäuschend. Du enttäuschst. Ja, das ist es wohl eher. Wir, Mäx, arbeiten ausschließlich mit Sexismus und bedienen mit *Vergnügen* tradierte Rollenklischees! Und, dass du das nicht weißt, wirft noch mehr Fragen auf. Aber lassen wir das. Warum arbeiten wir so?"

„Ja, warum, he?"

„Ich muss dir das einhämmern: Wir heben uns ab, Mäx. Wir sind der Fels im Scheißesturm. Heutzutage tanzen doch alle nach der Pfeife irgendwelcher Mimosen. Niemanden verärgern, niemanden beleidigen. Alle dürfen alles, die ganze Kacke im Fernsehen, im Internet, überall. Wenn du dich fühlst wie ein verficktes Tischbein, dann darfst du ein verficktes Tischbein sein. Wer soll dir dieses Recht verbieten, hä? Eine Stuhllehne? Bestimmt nicht! Willst du als Fabelwesen anerkannt werden und mit Pronomen angesprochen werden, die selbst in keiner toten Sprache dieser Welt einen grammatikalischen Sinn ergeben? Na, dann viel Spaß mit dem Gender-Gedöns. Wenn ich schon ‚Pronomen' höre, Mäx, ich könnt' kotzen. Wir leben in einer äußerst komischen Scheißwelt, aber auf uns ist Verlass. Mäx, du bist der Anker in dieser Softie-Suppe. Sexismus und Rollenklischees sind deine Natur. Und genau das ist unser Geschäftsmodell. Während die anderen sich in Watte packen, holen wir die Axt raus. Wir geben den Leuten genau das, was sie im Grunde wollen: ungeschminkten, archaischen Scheiß, ohne dass sich irgendjemand dafür entschuldigen muss. Wir sind der letzte ehrliche Abschaum im Radio! Das ist, was heute den Unterschied macht. Die sehen das. Das Netz ist voll mit Scheiße. Nur die gute, professionelle Scheiße setzt sich durch. Darum", vergab Paul abschließend mit einem leichten Seufzer. Er war in Fahrt gekommen, ungewohnt, und auch sein Lächeln war ein anderes.

Früher war das mal cleverer. Aber jetzt? Sexismus und Rollenklischees sind seine Natur? Das ist doch nicht mehr zynisch, das ist nur noch plump und faul. Ich bin zu alt für diesen Kindergarten.

Ich auch. Ich merke, er wird zur Memme, die anfängt, über Ethik zu labern – ein schlechtes Zeichen für unseren Kumpel hier. Er sollte es seinem Assi einfach sagen: Meine besten Zeiten sind durch. Ich bin die ausgelutschte Tüte Tee, und du bist der neue, frische Kaffee.

Das ist keine Meinung von uns allein. Ich hab das schon von anderer Seite gehört. Und da wird's richtig mies. Rick, das große Idol, der Gott der Zerstörung, hat ihn abgewatscht. Was Rick gesagt hat? Ihm fehlt der Biss. Er meinte, er sei eher der absteigende

Ast im Stammbaum. Kannst du dir das vorstellen? Der eigene Bruder, der ihm ins Gesicht rotzt.

Er war mal Pauls Idol. Das ist so traurig, das ist ein verdammtes Armutszeugnis für alle, die ihn kennen.

Er ist nur der verfickte Clown, und solange der Chef zahlt, muss er lächeln und winken. Selbst das bekommt er nicht unfallfrei hin.

Paul blickte kurz auf Max' Arm. „Die Schulter? Ist ja eine fiese Geschichte. Aber hey, Mäx bringt doch nichts so leicht um, oder?" Er lachte, ein künstliches, nervöses Geräusch.

„War ein Unfall", murmelte Max.

„Ja, natürlich! Unglücksfälle passieren! Vor allem, wenn man so ... *angespannt* ist." Paul zog einen überquellenden Umschlag hervor. „Ich dachte, wir schauen mal kurz wegen der Versicherungssache. Dein Armbruch, die Kopfverletzung. Wir müssen sicherstellen, dass die Firma alles sauber abwickelt. Willi schickt Grüße und will dich bald wieder am Mikro sehen."

Paul rutschte auf dem Designersofa ein wenig zurück, um Platz zu schaffen. Die Unterlagen breitete er zwischen ihnen aus. „Max, wir brauchen deine Unterschrift hier und hier, für die Unfallmeldung. Wir müssen das offiziell machen. Standardprozedur."

„Ist das alles, was ich jetzt bin? Ein Versicherungsfall?", fragte Max.

„Nein, Mäx, du bist unser Star! Aber wir müssen halt die Formalitäten erledigen, damit du bald wieder loslegen kannst. Wir müssen den Behörden zeigen, dass alles seine Richtigkeit hat. Und du warst ja in dem Augenblick ... nicht ganz ansprechbar." Pauls Augen huschten kurz über den Raum.

„Die Behörden. Und was genau haben die Behörden über die Nacht gesagt?"

„Die haben gesagt, du hattest einen *Ausrutscher*. Desorientiert. Du bist krank, und das ist echt nicht lustig. Und ich war da, um die Geschichte zu erzählen. Standard." Paul klopfte auf die Formulare.

„Du hast die Geschichte erzählt. Welche Geschichte, Paul?"

„Die, die stimmt, Mäx. Die, die in den Zeitungen stehen wird. *Der gleichaltrige Freund war kurz im Bad* ... Ich bin nur kurz im Bad. Wir müssen konsistent bleiben. Das ist wichtig für die Presse."

„Wir sind nicht gleich alt."

„Und darüber bin ich sehr froh, kannst du mir glauben. Aber das sind alles nur Kleinigkeiten, unwichtig. Glaubst du, dass hier alles stimmt?"

„Und mein Armbruch. Wie erklärst du den in dieser perfekten Geschichte? Bin ich auf den Steinweg gestürzt, oder hast du mich gestoßen?" Max' Stimme war leise und fordernd. Paul zögerte, das Geräusch des Regens gegen die Scheibe schien lauter zu werden.

„Max, du fällst. Aus acht Metern. Durch das Fenster, dort. Du hast Glück. Dein Armbruch ist das Geringste. Aber hey, wir haben uns um alles gekümmert. Du warst in dem Moment verwirrt. Du bist jetzt verwirrt, oder? Lassen die Pillen nach?"

„Verwirrt? Und das Fenster? Ist es offen, wenn du zurückkommst?"

„Ich ... ich glaube, wir sollten es öffnen. Oder ich öffne es. Es ist stürmisch in dieser Nacht. Das ist dann auch der Grund, warum ich so schnell zurück ins Zimmer komme. Um es zu schließen." Paul zwang sich zu einem unschuldigen Lächeln.

Die Lüge war da. Das Fenster muss offen sein, um den Sturz zu erklären. Die Geschichte war perfekt konstruiert, um die Wahrheit unter einem Stapel Bürokratie zu begraben.

„Wurde die Wohnung von der Polizei durchsucht? Oder nur das Krankenhauszimmer?"

„Beides. Standardprozedur. Aber keine Sorge, ich werde dabei sein und dafür sorgen, dass sie nichts finden, was sie nicht finden sollen. Wir sind Profis, Mäx. Wir lassen keine losen Enden."

Max unterzeichnete die Dokumente, die seine Flucht und seinen Schrei nach Hilfe als „schwere Verletzung durch unglücklichen Sturz" deklarierten.

„Ich muss los, Mäx. Aber ruh dich aus. Und denk dran", Paul stand auf, sein Blick fiel auf die Tür. Er blickte ihn mit einem aufmunternden, aber unheimlichen Grinsen an, „die Welt freut sich, wenn Mäx wieder lacht!"

Max starrte zur Tür, nachdem Paul gegangen war. Ihm wurde klar: Paul steckte tiefer in der Sache, als er dachte. Max fühlte sich nicht mehr als Regisseur des Geschehens, sondern verloren – Erinnerungen wirr, die Realität kalt und isolierend. Kurzzeitig war er unsicher, ob Paul wirklich gegangen war oder das Gespräch stattfand. Oder war er nur im Bad verschwunden? Allein auf dem Sofa konnte er seine Erinnerungen nicht einordnen; die Zeit verschwamm für ihn. Diese Umgebung isolierte ihn vollständig und wirkte kühl, kälter als der Novemberregen, der durch das geöffnete Fenster auf das Parkett aus Massivholz fiel.

„Schwachsinn", sagte er sich und humpelte auf die Öffnung zu. Acht Meter, dann Straße. Die Angst vor dem, was dort unten lauern mochte, war geringer als die Angst vor dem, was hier auf ihn lauerte. Er wollte nicht in dieser *Szene* sterben. Er stand vor dem geöffneten Fenster und wusste: *Ich muss zur Bar, damit ich das Dilemma-Objekt finde. Es ist meine nächste Szene.*

39

„Sie sehen aus, als könnten Sie jetzt etwas mit Schuss vertragen, was?“ Max war im erstbesten Raum gelandet, den man kopflos finden konnte. Fünf Männer und zwei Pistolen waren hinter ihm her. Und vielleicht wartete auch einer im Bad, da war er sich aber nicht sicher.

Nun trat einer auf den Plan, der hier nicht herpasste. H., der schwer schnaubende, gut beleibte Küchenhüne, dessen Schürze mit Flecken unterschiedlicher Konsistenz übersät war, stand hinter einer Theke. Die Kantine war ein seltsamer Ort geworden, wenn er es nicht schon die ganze Zeit gewesen war: Das Licht war leicht nuttig und tauchte die Speisenausgabe, die zu einer gut bestückten Bar umfunktioniert worden war, in ein unwirkliches Licht. In den Ecken türmten sich Strohballen zu Sitzgelegenheiten, und die Luft war erschlagend von dem Geruch nach altem Holz, Schweiß und undefinierbaren Küchengerüchen. „Kommen Sie ruhig näher, also, wenn Sie was wollen?“

„Sind hier Kameras?“, versicherte sich Max mit umherschweifenden, fragenden Blicken.

„Da fragen Sie mich was! Keine Ahnung, glaub’ nicht.“

„Gehören Sie dazu?“

„Wozu?“, wollte der Küchenbulle wissen.

„Na, zu dieser Bande! Das war von vornherein ein abgekartetes Spiel.“

„Hierzu? Natürlich gehöre ich hier dazu. Ich bin doch hier.“

„Was?“ Max trat näher an den Tresen. „Sie gehören mit zu dem Küken?“

„Zum Küken? Nein, sehe ich so aus?“

„Ich weiß nicht? Haben Sie hier eines gesehen?"

„In letzter Zeit nicht. Ist das wichtig?"

„Ja, aber sicher! Das ist der Dreh- und Angelpunkt dieser ganzen Scheiße hier! Ich hab nur zu spät geschaltet."

„Na ja, wenn ich eines sehe, dann gebe ich Ihnen gern Bescheid."

„Gut, Sie müssen nämlich wissen, das Gesicht ist viel wichtiger! Und wenn das auftaucht, dann wird es schön. Symmetrisch und ganz eben. Das haben Sie noch nicht gesehen!"

H. starrte seinen Gast fragend mit tiefschwarzen Augen an. „Sie brauchen ein Getränk. Was darf's sein? Bier oder etwas Stärkeres?"

„Das Bier ist aber ohne Drogen?", fragte Max.

„Das gibt's mit und ohne Alkohol. Die richtig guten Getränke sind aber mit, ansonsten wären sie ja nicht gut, wenn Sie verstehen, was ich meine." Der Küchenbulle vermischte ein Grinsen mit tiefem Schnauben.

„Die richtig Guten sind auch ohne Küken, wissen Sie? Als dieses Vieh nämlich noch nicht da war, war noch alles gut. Zwei Ärsche waren tot, aber richtig!" Max kicherte, wobei er sich beschwingt an den Tresen lehnte. „Erst mit dem Gesicht war alles weg. Das Küken stand da, direkt auf der Schwelle – dann mit dem glatten Gesicht war das Blut weg. Die Waffe ist auch weg. Jetzt verfolgen mich zwei Pistolen."

„Ich gebe Ihnen mal etwas Spezielles. Warten Sie!" Der Küchenwirt griff hinter sich und füllte ein Glas aus drei verschiedenen Flaschen. „So, das sollte es sein. Das sollte helfen, mein Junge."

Max nahm das Glas kaum wahr. Er suchte die Ecken des Raums nach Kameras ab. „Ich glaube, ich habe recht, hier ist kein Küken. Das bedeutet, die anderen sind auch nicht da. Die gehören nämlich zusammen!“ Max ergriff das Glas. „Ohne Drogen, ja?“

H. unterbrach kurz das Polieren seiner Gläser. Seine Augen, die mehr gutherzig als bedrohlich wirkten, starrten auf Max. „Ohne Drogen. Das hier beruhigt nur. Sie sehen mir so aus, als bräuchten Sie Ruhe.“

„Wissen Sie, wie spät es ist?“

„Die Uhrzeit spielt hier keine Rolle“, gab der Hüne von sich.

„Doch, doch! Das ist ungemein wichtig! Um 8:00 Uhr läuft nämlich dem Küken die Zeit davon. Und das ist richtig gut. Wenn Sie wollen, dann können Sie ja mitkommen, im Auto ist Platz genug, ist 'n Kombi!“ Max kicherte leise in sein Glas. „Das ist gut! Find ich gut, dass Sie noch aufhaben.“

Plötzlich öffnete sich die Tür, und Paul stand im Raum. Max starrte ihm alarmiert entgegen. „Ach, hier bist du! Und wir suchen dich die ganze Zeit!“, rief Paul.

„Sie haben nicht zufällig eine Waffe, oder so?“, warf Max dem Barmann flüsternd zu, sodass sein Assistent ihn nicht hören konnte. Er vernahm ein Klacken, drehte sich zum Tresen, und die Waffe lag direkt neben dem Untersetzer seines Glases. Das einzig Dumme war, dass das penetrante Plüschtier ebenfalls auf dem Tresen hockte – auf der Waffe.

Du musst drauftreten!, erklang es abermals. Der Wirt polierte weiter.

Max ließ das Glas fallen. „Sie gehören dazu!“, schrie er plötzlich dem Küchenbullen in die unbeeindruckte Visage. Der kleine Raum füllte sich jetzt zunehmend. Paul war der Erste, die anderen folgten Person um Person, bis endlich alle, wirklich alle, samt Timm und dem Wärter, stumm vor Max verharrten. Keiner machte einen Mucks. Alle standen nur da und starrten ihn an.

Die oder ich!

„Los, geh weg, hau ab!“, fauchte Max das zierliche Geschöpf auf der Pistole an. Das Drecksvieh war hartnäckig.

Du musst drauftreten!

Er kapiert's nicht. Absolut verblödeter Spinner!

„Haltet die Schnauze!“ Max gab dem Küken einen leichten Klaps, versuchte dabei aber, die Berührung so kurz wie möglich zu halten, und befreite seine Waffe. Beide Hände ergriffen die Pistole und positionierten sie direkt in Pauls Richtung, wo er mit verkrampften Armen und dem Finger am Abzug versuchte, die Distanz zu wahren.

„Ich soll dich auch ganz lieb von den Kollegen grüßen, Mäx, hörst du?“

„Die kannst du dir sonstwo hinschmieren! Ich hab euch alle durchschaut. Das Gesicht! Da hätte ich nur früher draufkommen müssen! Ich hätte das Drehbuch lesen sollen! Da habt ihr bestimmt alles reingeschrieben, clever!“

„Wie geht's dir jetzt?“, fragte Paul.

Du bist so ein Lappen!

Das ist aber nichts Neues, oder?

Max konnte nicht mehr. Die Optionen waren noch immer dürftig. Drauftreten oder Drübersteigen. Die oder er. Der Schädel schmerzte. Er fühlte sich fremd im eigenen Körper. Es schien, als hätten sie sämtliche Kontrolle übernommen, und er war einer der Anderen geworden.

Du musst drauftreten!

Die oder du?

Max setzte die Pistole an seine Schläfe. Das war ein schönes Gefühl. Das kühlte. Er musste den Lauf fest anpressen, damit ihn der Schweiß nicht auf Abwege bringen konnte. Er zitterte am ganzen Körper. Die Augen waren fest zugekniffen. Die

Tränen zwangen sich mühselig nach außen. *Alle Mann von Bord!*, war ein simpler Gedanke, ein guter Gedanke, den er imstande war zu halten, klar und unmissverständlich. Die verzerrten Mundwinkel ließen nicht erahnen, ob er nun lautlos weinte oder kicherte. Das Mäx-Grinsen war erlahmt. Es war geschlagen. Schnappatmung setzte ein, die durch einen letzten tiefen Atemzug komplett eingestellt wurde. *Der Kapitän bleibt!*, so viel stand fest.

Die!

Drück ab!

40

Eine Woche später.

„Mäx, geht's dir gut?" Das war Pauls Stimme. Max konnte nichts sehen. Er wusste nicht, ob es an der Beleuchtung lag oder ob er die Augenlider nicht öffnen konnte. Er spürte kein Gefühl in seinem Körper.

„Geben Sie ihm noch ein paar Minuten." Diese Stimme erkannte er nicht sofort. Aber je länger sie nachhallte, desto sicherer wurde er sich: Es war Dr. Wendts Stimme, die Paul anwies, ihm noch ein paar Minuten zuzugestehen.

Wofür? Und wo bin ich noch mal zum Teufel? Er spürte allmählich wieder etwas. Es war ein Schmerz, der ihm unmissverständlich zeigte, wo sein Körper anfing und wo er endete. Er schaffte es, die Augen zaghaft zu öffnen. Es machte sich bei ihm das Gefühl breit, die Kontrolle über seinen Körper zurückzubekommen. Ein Lichtblick. Paul stand direkt neben ihm, schräg über ihn gebeugt. „Hey, Mäx ... wie geht's dir?"

Max' Wahrnehmung war noch verschwommen, ein einziger, greller weißer Schleier, der die Konturen des Raumes verschluckte. Überall um ihn herum herrschte eine steril wirkende, klinische Helle. Er konnte die Gesichter zuerst nur als undefinierte Flecken wahrnehmen, und der Geruch nach Desinfektionsmittel stach ihm in die Nase.

„Herr Mathey, können Sie mich hören? Versuchen Sie zu nicken", sagte Dr. Wendt im weißen Kittel von der anderen Seite her. Max nickte, was nur ein Vorbeugen seines Kopfes gewesen war, aber so konnte er feststellen, dass er in einem Krankenhausbett lag. Die Bettwäsche war so straff gezogen, dass sie keinen einzigen Faltenwurf zeigte. „Gut, Herr Mathey. Sie sind im Krankenhaus, aber alles ist in Ordnung. Sie brauchen sich keine Sorgen zu machen", instruierte Wendt, zerrte mit seinen Fingern in Max' Gesicht herum und testete mit einer kleinen Taschenlampe die Reaktion seiner Pupillen. Der weiße Strahl brannte höllisch, als würde er Max' Augen verbrennen. Er schloss die Augenlider wieder abrupt, um der schmerzhaften, gnadenlosen Helle zu entkommen.

„Ich soll dich auch ganz lieb von den Kollegen grüßen, Mäx, hörst du?", warf Paul ein.

„Geben Sie ihm noch ein wenig Zeit. Er müsste gleich ansprechbar sein", versicherte Wendt.

„Sagen Sie, Herr Doktor, ist Mäx verrückt geworden oder so was in der Art?", flüsterte Paul, aber nicht leise genug.

Was bitte?

„Das ist der denkbar falscheste Ausdruck, meinen Sie nicht?"

„Es war auch keineswegs böse gemeint, aber ...", versuchte Paul, sich zu korrigieren.

„Ich weiß. Sehen Sie, Maximilian leidet an einer gravierenden Erkrankung, schon sehr lange, und jeder, der darunter leidet, verdient unser Mitgefühl – und kein blödes Belächeln!" Dr. Wendt führte mit belehrender Stimme aus: „Was also für Sie nach *verrückt* aussieht, ist eine gänzlich andere Welt. Es handelt sich dabei also nicht einfach um einen Verrückten oder Wahnsinnigen."

„Mäx ist also krank, ja? Schwer krank?"

„Es handelt sich in der Tat um eine schwerwiegende psychische Störung, bei der die Persönlichkeit auseinanderzufallen scheint. Betroffene leiden unter anderem an Halluzinationen und Wahnvorstellungen. Dazu gehören auch zusammenhanglose Sprache sowie das Hören von Kommentaren über das eigene Verhalten oder von miteinander sprechenden Stimmen. Das ist dann die akute Phase der Krankheit, die oft schubweise auftritt. Es ist wahrscheinlich nicht einmal im Entferntesten möglich, sich auch nur teilweise vorzustellen, wie sich Maximilian gefühlt haben muss. Er wurde zuvor noch nie eingeliefert, geschweige denn dermaßen stark dabei verletzt."

„So wie jetzt? Das war auch ein solcher Schub?", wollte Paul wissen.

„Ja, und es war vermutlich sein stärkster. Bis zum völligen Zusammenbruch."

„Also hat er den Wärter fälschlicherweise angegriffen?"

„Maximilian sah wohl einen Grund für sein Verhalten. Irgendeine Wahnvorstellung hatte ihn dazu gebracht. In diesem Moment funktionierte er schlichtweg anders."

Max riss schlagartig seine Augen auf. Er war erstaunt über diese übertriebene Reaktion, aber zumindest befehligte er jetzt wieder seinen Körper. Teilweise. „Was ...?", hauchte Max.

„Was geschehen ist, Herr Mathey? Sie hatten einen Schub", erklärte Wendt in gewohnt väterlicher Manier, aber dieses Mal doch deutlich abgeklärter und mit einem Hauch von Distanz.

„Ich soll dich auch ganz lieb von den Kollegen grüßen, Mäx, hörst du?", warf Paul abermals ein.

Ich hab's ja verstanden! „Was ist passiert?" Max war erstaunt, wie viel Kraft ihn dieser einfache Satz kostete.

Dr. Wendt setzte sich zu ihm aufs Bett. „Sie wurden angeschossen, als es zu einer Handgreiflichkeit mit einem Vollzugsbeamten kam. Sie hatten ihn angegriffen. Erinnern Sie sich?"

„Ja ...", stöhnte Max.

„Dem Wärter geht es aber gut. Sie können hingegen froh sein, dass das Projektil, ohne weiteren Schaden anzurichten,

Ihren Thorax durchdrungen hat. Sauber durch. Nichts, was nicht problemlos verheilt. Sie sind ein Glückspilz."

Er erinnerte sich wieder, aber war diese Erinnerung auch Realität? War seine Erinnerung auch die der anderen? Wo hört die Realität auf und wo fängt die Wahnvorstellung an? Gab es diese trennscharfe Linie? „Wo ist Rick?", fragte Max und versuchte, seinen Kopf ein wenig emporzustrecken.

„Wen meinen Sie, Herr Mathey?"

„Meinen Bruder! Wo ist Rick jetzt?"

„Ihren Bruder? Sie haben keinen Bruder. Mir ist zumindest keiner bekannt ..." Max hörte knisterndes Blättern. Auch drang schweres, nachdenkliches Atmen zu ihm durch. Konnte das sein? War der Wahn dermaßen weit übergetreten? Eine derartige Kreatur wie sein Bruder konnte nur einer Wahnvorstellung entstammen, denn etwas derart Grausames wie Rick durfte nicht sein. Es klang plausibel, dass sich Max ein solches Alter Ego nur einbilden konnte. Aber es widerstrebte ihm genauso, sämtliche Erinnerungen an seinen Bruder – von klein auf – zu leugnen. Alles nur Einbildung? Seine Erinnerungen konnten keine Täuschung sein, was wiederum bedeutete, dass hier und jetzt irgendetwas nicht *richtig* sein konnte. Dass er noch immer auf der gefährlicheren Seite der Linie stand ...

Hinsichtlich einiger Umstände war er sich sicher. Er konnte nicht glauben, sich dermaßen getäuscht zu haben. Er war *Mäx*. Sein Bruder hieß Rick und war die schlimmste Ausgeburt der Hölle. Bei solchen Dingen konnte man sich nicht täuschen. Und die zu seinen Ungunsten verlaufene Handgreiflichkeit mit einem Wärter galt es nun zu prüfen. Er schob die Bettdecke von seinem Oberkörper. Schleppend und kraftlos schaffte es seine Hand, einen Wundverband direkt unter seinem Brustbein freizulegen. Er strich mit der Hand darüber. Dass hier ein

Projektil eingedrungen sein sollte, vermochte er sich absolut nicht vorzustellen.

Er drückte kräftiger. Nichts. „Ja, Herr Mathey, da ist das Geschoss eingedrungen! Sie sollten nicht so daran herumzerren, die Nähte darunter sind noch frisch", erklärte Dr. Wendt freundlich und griff nach der Decke, um ihn wieder zuzudecken. Noch bevor Wendt die Bettdecke gänzlich zurückgelegt hatte, bekam Max eine Ecke des Wundpflasters zu fassen und riss so stark daran, dass er es mit einem Schwung auf den Boden schleuderte. Er war Mäx! Sein Bruder hieß Rick und war die schlimmste Ausgeburt der Hölle! Und die zu seinen Ungunsten verlaufene Handgreiflichkeit mit einem Wärter war wohl doch nicht ganz so ungünstig verlaufen. Zumindest nicht auf den ersten Blick, der ihm jetzt schonungslos zeigte, dass er keine Verletzung aufwies. *Kein Einschussloch!* „Hab ich dir nicht gesagt, dass du deine Wichsgriffel davonlassen sollst?", keifte plötzlich Dr. Wendt mit unnatürlich verzerrten Gesichtszügen. Er hatte jetzt absolut nichts Väterliches mehr an sich. Seine Pranke krallte sich unaufhörlich in die Bettdecke.

„Was hast du von ihm erwartet? Er ist und bleibt ein absolut verblödeter Spinner! Und er ist ein Arsch, aber das tut auch nichts mehr zur Sache", stimmte Paul mit ein.

Max schaute nochmals akribisch über seine Brust. Er musste noch immer in einer Wahnvorstellung verharren, denn er konnte auch seine andere Verletzung, die ihm damals seine Frau zugefügt hatte, nicht finden. Der Brustkorb war völlig narbenfrei. Dies hier war eindeutig die falsche Seite. Er stand auf der anderen Seite eines Spiegels, der ihn scheinbar nicht mehr freiließ. Aber es musste einen Ausgang geben. Es war doch *seine* Wahnvorstellung. Warum sollte er nicht auch bestimmen, wann der Cut erfolgt. Assistent und Therapeut –

wenn sie denn überhaupt das waren, was er sich hier eingebildet hatte – standen ungerührt seiner verzweifelten Blicke links und rechts neben dem Krankenbett und starrten mit fratzenhaften Mienen auf ihn herab.

Du musst drauftreten!

Die oder du?

Er wusste nicht, was sie wollten, aber es war alles falsch gewesen. Ab wo es begonnen hatte, falsch zu werden, konnte er nicht sagen. Hierbleiben durfte er nicht, so viel stand fest. Diese beiden Fratzen waren jetzt schlimm genug, wie sie fordernd auf ihn starrten. Mit denen würde er aber fertig werden, auch ohne Waffe. Aber mit dem Küken? Dafür wollte Max seine Hand nicht ins Feuer legen. Er hatte dieses gefährliche Federvieh noch nirgends entdecken können, also blieb ihm ein guter Vorsprung. Den galt es zu nutzen.

Die oder du?

Du!

Max hätte lügen müssen, wenn er behauptet hätte, dass er wusste, was er tat, als er seine Beine schwungvoll zur Hocke heranzog und mit beiden Füßen Dr. Wendt vom Krankenbett wegstieß. Genauso, als er augenblicklich, noch bevor sich sein Therapeut an der gegenüberliegenden Wand wieder gefangen hatte, aus dem Bett sprang und blitzschnell auf das Fenster zustürmte. Er wusste sicher nicht, was er tat, aber es konnte nur besser werden. Und mit dieser Devise durchbrach er das geschlossene Fenster. Der erste Blick ins Freie gestand ihm einen simplen Gedanken zu, den er imstande war zu halten, klar und unmissverständlich.

Kein Erdgeschoss!

40

Das Ende der Show.

Max erwachte in einer Welt, die gleißend und weiß war, bis zur Schmerzgrenze steril. Das grelle, klinische Licht brannte auf seinen Netzhäuten, und die Konturen des Raumes verschwammen zu einem einzigen, undefinierten Fleck. Die Luft roch nach Desinfektionsmittel und nach Lüge, ein Geruch, der ihm die Kehle zuschnürte. Er versuchte zu schreien, aber seine Zunge war taub, sein Körper war ein Fremder. Er war gefangen in einem Bett mit straff gezogenen, kalten Laken, die ihn wie ein Leichentuch umgaben. Dann hörte er Stimmen. „Hey, Mäx ... wie geht's dir?" Pauls aufgeregte Stimme, die wie ein falscher Ton in dieser makellosen Stille klang.

Und dann, ruhig und beherrscht, Dr. Wendt. „Herr Mathey, können Sie mich hören? Versuchen Sie zu nicken." Max nickte, eine unkontrollierte Bewegung seines Schädels, die die Schmerzen in seinem Kopf nur noch verstärkte. Er spürte, dass er in einem Krankenhausbett lag. Und mit dieser Bewegung kamen die Erinnerungen zurück. Nicht als Traum, nicht als Wahn, sondern als ein klares, scharfes Bild: das schwere Gewicht der Waffe in seiner Hand, die Hitze des Schusses, der Geruch des realen Blutes auf seinen Fingern. Er hatte den Wärter getötet. Und er hatte Timm erschossen. Er hatte die Wahrheit gesehen, die unter der Maske dieser ganzen inszenierten Scheiße lauerte. Er hatte sich gestritten. Dann war er gesprungen. Wendt lächelte ihn sanft an, aber seine Augen waren kalt. Er neigte sich vor und fixierte Max. „Sie sind im Krankenhaus, Herr Mathey. Aber alles ist in Ordnung. Sie hatten einen Schub. Eine sehr real wirkende Wahnvorstellung. Sie brauchen sich keine Sorgen zu machen."

„Nein …“, stieß Max hervor, aber der Laut war nichts weiter als ein Flüstern.

Paul, dessen Gesicht noch immer die Spuren von Angst trug, die er in der Zelle gespielt hatte, hielt einen Finger an den Mund. Er nickte in Richtung Wendt. „Wendt hat recht, Mäx. Es war alles Teil der Show. Wir hatten ein paar unvorhergesehene Zwischenfälle. Unglücksfälle. Aber keine Sorge, wir haben alles im Griff.“

„Unglücks…“, versuchte Max, doch auch diesem Hauch gelang es nicht, ein ganzes Wort entstehen zu lassen.

„Ich weiß nicht, Mäx, willst du dich nicht erst mal ausruhen? Es ist alles …“, beschwichtigte Paul, und auch Wendt wollte soeben in die gleiche Kerbe schlagen, doch Max' festnagelnder Blick schaffte Überzeugung, wo ihm die Worte versagt blieben. Er versuchte, inneren Druck aufzubauen. Alle Kraft presste er hinter seine Augäpfel. Im besten Fall explodierte ihm der Schädel. Dann hätte sich der dröhnende Kopfschmerz auch erledigt. „Okay. Mäx, du erinnerst dich noch an den Wachmann? Der, der zu Samners Team gehörte? Als wir uns alle vor der präparierten Zelle getroffen hatten und ich mir die Hose versaut hatte? Das ganze Blut und so?“ Paul lächelte verlegen. „Da hast du doch den Wachmann getroffen, der … ich weiß nicht mal seinen Namen. Er ist schwer gestürzt. In den Bereichen der Anstalt, wo die Abrissarbeiten laufen, in einem der Treppenhäuser, da ist er verunglückt, tödlich.“

„Wann?“, hauchte Max.

„Wann das passiert ist? Also du bist schon länger hier. Letzten Monat war das. Das alles hat was mit dir gemacht. Noch zusätzlich. Man hat dich verwirrt aufgefunden. Das hat uns alle mitgenommen.“ Die Lüge war so schamlos und so perfekt, dass Max fast daran geglaubt hätte. Ein gestürzter Wachmann?

Wie muss der aufgeschlagen sein, um die Schusswunde zu vertuschen, dachte er zynisch.

Wendt reichte ihm ein Glas Wasser mit einer winzigen, weißen Pille darin. „Trinken Sie das, Herr Mathey. Es wird Ihnen helfen. Helfen, die Realität von der Wahnvorstellung zu trennen." Max wusste, was die Pille war. Ein chemischer Schleier, der die Schreie in seinem Kopf ersticken würde. Die Stimmen. Rick hatte nicht getötet – der war nicht im Gefängnis. Max war es, der getötet hatte. Der einzig Reale. Er war es, der schuldig war. Und das System, das er so sehr verabscheute, schützte ihn.

„Timm ..."

„Der Moderator, ja. Dein *Coach* ...", ein flüchtiges Lächeln legte sich auch auf Pauls Gesicht, bevor der Ernst es wieder in seine Klauen bekam. „Timm van der Furth, du weißt es?"

„Was weiß ich?" Max spürte, wie ihm ein wenig Leben in den schlaffen Körper fuhr. Der Nebel im Kopf löste sich leicht. Mit Sicherheit war es nicht die Tablette, die wirkte. Der Schluck Wasser war es, der den Funken durch seinen Körper trug. Zumindest geringfügig.

„Timm ist auch verunglückt. Autounfall. Keinen Tag nach dem Unfall im Gefängnis. Du weißt es nicht? Es war überall in den Nachrichten." Paul schaute an die Wand, wo ein kleiner Fernseher montiert war. „Der läuft manchmal, hätte ja sein können." Paul kramte sein Handy aus der Hosentasche und scrollte, dann schaute er zu Dr. Wendt. „Ich darf?" Er hielt das Smartphone so, dass der Arzt einen flüchtigen Blick auf das Display werfen konnte. Er nickte. Paul hielt das Handy dann vor Max' Gesicht. Ein Nachrichtensprecher berichtete eine Top-Schlagzeile. Es sah nach einer Sondersendung aus. „Nur einen Tag, nachdem ein Beamter einer ehemaligen Justizvollzugsanstalt bei Sanierungsarbeiten tödlich verunglückte, ist nun auch Timm van der Furth, der bekannte Fernsehmoderator und Autor, mit seinem Fahrzeug gegen einen Baum gefahren und dabei ums Leben gekommen. Durch den Aufprall geriet das Fahrzeug in Brand. Der Siebenunddreißigjährige starb nachts noch an der Unfallstelle vor dem Eintreffen der Rettungskräfte, wie die Polizei mitteilte. Demnach kam er in einer langgezogenen Kurve alleinbeteiligt aus zunächst unbekannter Ursache von der Straße ab und prallte mit seinem Wagen gegen den Baum. Ein Gutachter soll die Unfallursache klären. Beide Unglücksfälle, der Autounfall sowie der Sturz in der Justizvollzugsanstalt, scheinen nicht direkt in Zusammenhang zu stehen, wenngleich beide Personen noch tags zuvor gemeinsam …" Paul steckte das Handy wieder ein. „Mehr gibt's nicht. Wenn das mal nicht reicht, was? Scheiße gibt's. Das Wichtigste ist aber, dass du bald wieder auf den Beinen sein wirst und unbeschadet aus der ganzen Sache rausgekommen bist. Unseren Mäx bringt doch nichts so leicht um, was? Bald geht's wieder los, hab schon ein paar Ideen." Max' Lippen verzogen sich zu einem Lächeln, einem Lächeln, das jetzt nicht nur leer, sondern tot war. Das Lächeln von Mäx. „Ich soll dich auch ganz lieb von den Kollegen grüßen, Mäx, hörst du?", sagte Paul und drückte aufbauend seine Hand.

Max blickte aus dem Fenster. Der Himmel war grau. Er war frei, aber noch immer gefangen.

40

Die Nacht im Keller.

Sein Keller war kein Ort, um zu verweilen. Es war ein Ort, der atmete, der seine Geheimnisse in die feuchte Luft hauchte. Der Geruch war eine widerliche Symphonie: Schimmel, alter Beton, der metallische Geruch von Rost, vermischt mit einem stechenden Hauch von Fäulnis, der sich wie ein Tuch über die Eingeweide legte, und dem scharfen, bitteren Geruch von Urin. Überall, wo das Licht der einzelnen, nackten Glühbirne hinfiel, sah man die Spuren des Verfalls, als ob die Wände selbst von einer Krankheit befallen wären – abgeplatzter Putz wie Lepra, freiliegende Ziegelsteine wie verfaulte Zähne und feuchte Flecken, die sich wie Landkarten des Todes über die Oberfläche zogen. Das flackernde, gelbliche Licht der Glühbirne war kein Trost; es war eine verrückte Unruhe, die Max' Schatten wie einen verzerrten, zuckenden Geist an der Wand tanzen ließ, ein grässliches Echo seines eigenen, inneren Zerfalls.

Er sollte Jahre mit diesem Bild um den Verstand gebracht werden. Unzählige Jahre sollten ihn diese Bilder, Eindrücke, Gerüche, diese grauenvoll greifbare Trostlosigkeit um den Schlaf bringen. Bilder, Eindrücke, Gerüche sollten sich dermaßen einbrennen, dass Max nicht mehr sagen könnte, ob es wirklich so ausgesehen hatte. Hatte sein Keller so ausgesehen? Dass es sich so zugetragen hatte, stand außer Zweifel, aber alles andere, alles Farb- und Tongebende sollte nicht mehr mit Sicherheit bestimmbar sein. Zu oft hatte ihn dieser Albtraum gefangen. Es blieb nicht mal mehr ein Gefühl für die Realität übrig. Alles stimmte, wie es gleichzeitig auch nicht stimmte. Traum und Wirklichkeit wurden eins. Untrennbar miteinander verwoben.

In der schummrigen Ferne, halb verborgen hinter einem Stapel alter Kartons, die wie verrottete Gräber aussahen, sah Max schemenhaft eine weitere Gestalt. Es war eine Frau, an einen klapprigen Holzstuhl gefesselt, ihr Körper verdreht in einer unnatürlichen Pose, die an eine zerbrochene Marionette erinnerte. Aus ihrem Kopf ragten lose Kabel, befestigt mit selbst gebauten Elektroden, die sich wie eklige Tentakel in ihre Haut bohrten, und er sah, wie ein dünner Faden von Blut an ihrer Schläfe herunterlief und sich im Staub verlor. Sie war mehr tot als lebendig, ihr Kopf hing schlaff herab, nur ein gelegentliches, kaum hörbares Stöhnen – ein Geräusch wie das letzte Atemholen eines ertrinkenden Tieres – verriet, dass noch ein Funke Leben in ihr übrig war. Aus den dunklen Ecken des Kellers, von Orten, die Max nicht sehen konnte, aber spürte, hörte er weiteres, gedämpftes Stöhnen und leises Wimmern. Jedes Durchleben dieses Moments fühlte sich wie das erste Mal an. Das Entdecken dieses Kellers fühlte sich jedes Mal vertraut und gleichzeitig unerforscht an. Aber egal, wie oft Max an der Treppe zu seinem Keller startete, das schwere Atmen und die letzten Augenblicke von Leben, dessen Ursprung im Dunkel verborgen blieb, sollte immer aufs Neue seine Eingeweide zusammenziehen. Genau wie der Anblick, überraschend und vertraut zugleich …

Dort, in der Mitte dieses klaustrophobischen Gefängnisses, stand seine Frau. Ihr Blick war leer, die Pupillen weit und undurchschaubar. Ihr Atem ging in kurzen, stoßweisen Zügen, als würde sie gegen unsichtbare Fesseln ankämpfen, die ihren Brustkorb zerdrückten. Max hatte versucht, sie zu erreichen, ihre Hand zu halten, aber sie war eine Fremde geworden, eine

Hülle, die von etwas anderem bewohnt wurde. Er spürte, wie sich ein unheimliches Gefühl von Kontrolllosigkeit in ihm breitmachte. Eine kalte Hand, die nach ihm griff, krallte mehr als nur seine pochende Mitte. Ihr einst so langes, dunkles Haar war zu einem kahlen Schädel rasiert, was sie noch entmenschlichter aussehen ließ. Auf dem Betonboden unter ihr hatte sich eine dunkle Lache gebildet. Die Nässe in ihrer Jeans zeichnete sich deutlich ab und verstärkte den Geruch von Urin noch zusätzlich. Es stank, und auch hier – jedes Mal im Nachhinein – sollte Max kein Abgleich mit der Realität erlaubt werden. Hatte er so seine Frau zum letzten Mal gesehen?

„Siehst du, Maximilian?", tönte die ruhige, emotionslose Stimme seines Bruders aus der Dunkelheit hinter ihnen, durchdringender als jeder Schrei. Entblößend, ertappend und damit die Rollen vertauschend. Er trat mit einem scharfen, intelligenten Gesicht hervor, das wie ein grausamer Zerrspiegel von Max' eigenem aussah, als hätte der Teufel selbst sein Ebenbild gezeichnet. Die beiden waren Zwillinge, doch während Max' langes, strähniges Haar seine nervöse Unordnung verriet, war Ricks Schädel geschoren. Nur unebene Stoppeln rahmten seinen Kopf, nichts störte den Blick, nichts trat ungewollt vor seine Augen, was die kalte, berechnende Natur nur noch stärker betonte. In allem verkörperte er den bösen Zwilling. Rick stand mit verschränkten Armen im Schatten des Treppenabsatzes, als würde er eine Theatervorstellung beobachten. Aber sein Blick verriet, dass er wusste, wie es weitergehen, wie es enden würde. Hier überraschte ihn nichts. „Die gezielte Stimulation des Nervensystems erzeugt nicht nur angenehme Empfindungen. Wir können auch das Gegenteil erreichen. Was du da siehst, ist die totale Kapitulation. Ein leeres Blatt, das bereit ist, beschrieben zu werden." Rick deutete mit einem kühlen Lächeln auf Max'

Frau und dann auf die selbst gebauten Elektroden, die bereitlagen. „Du entschuldigst die Unordnung, ich war gezwungen zu improvisieren. Aber das ist gar kein Problem. Und da sich vermutlich heute Nacht unsere Wege trennen werden – was ich mir sicherlich so nicht gewünscht habe –, habe ich mir für dich etwas ganz Besonderes überlegt. Zugegeben“, Rick lächelte dabei selbstgefällig, „die Idee dazu ist mir schon viel früher gekommen, na ja, man wartet halt auf die passende Gelegenheit, und ich glaube, die ist heute Nacht.“

Max' Stimme zitterte. „Was hast du mit ihr gemacht?“

Rick lachte leise, ein beängstigendes Geräusch, es raschelte. „Ich habe nichts mit ihr gemacht. Das hast du. Du bist der Auslöser. Ich bin nur der Beobachter, der das Ergebnis dokumentiert. Und, okay, die Elektroden kommen halt nicht von allein in die Rübe, ich bin also schon ein *bisschen* mehr. Immerhin bin ich dein Bruder, das verpflichtet!“

Max wollte auf seine Frau zustürmen, sie packen, befreien und aus Ricks Nähe reißen. Er konnte es nicht. Er redete sich immer ein, er könne es nicht, weil es ein Traum sei. Nicht steuerbar. Vorprogrammiert. Bereits geschehen. Wie angekettet blieb er mit aufgerissenen Augen auf der Stelle. Und in dem Augenblick, in dem er realisierte, dass er sich bewegen und zur Hilfe eilen müsste. In dem Moment, in dem Max hoffte, in der echten Situation verzugslos reagiert zu haben, in genau diesem Augenblick fiel der Blick seiner paralysierten Frau auf die rustikale Axt, die beide zur Dekoration an die Wand gehängt hatten, um den Raum etwas uriger wirken zu lassen – eine groteske Ironie. Max' Hoffnung wurde ihr Erwachen. Die Art, wie ihr Blick an dem Werkzeug haften blieb, wie ihre Hand sich zögernd, aber unaufhaltsam danach ausstreckte, blockierte Max nur weiter. Sie riss die rostige Axt mit einer Kraft von der Wand, die er nicht für möglich gehalten hätte. Ein Geräusch von schabendem Metall auf Stein erklang. Es lenkte ab, machte blind. Auch Ricks lechzende Freude im Hintergrund war hörbar, lenkte ab, machte blind. Das konnte nur ein Traum sein. Es war der unwirkliche Füllstoff zum nächsten: Die Axt traf Max' Brust. Unwirklich. Ein brennender Schmerz durchfuhr seinen Oberkörper, so scharf und so unerbittlich, dass er dachte, sein Brustkorb würde explodieren. Adrenalin rauschte in den Ohren. Der Schmerz wurde heißer und heißer, und dann übernahm ein Taubheitsgefühl den Körper. Max verlor seinen Körper. Er sank zu Boden, seine Hände griffen nach dem klaffenden Abgrund, der sich plötzlich in seiner Haut auftat. Schmieriges Blut quoll über seinen Oberkörper. Die Kälte des Betonbodens war die einzige bewusste Empfindung, die er hatte. Er fiel, und das Letzte, was er sah, war das Gesicht seines Bruders, das sich in der Dunkelheit abzeichnete, triumphierend und kalt, ein Dämon, wie er nur in Albträumen vorkommen kann.

Die Dunkelheit schwand langsam, wich einem flackernden, gelblichen Licht, das sich wie eine schmutzige Decke über ihn legte. Max kam mit einem Druck in der Brust wieder zu Bewusstsein, so tief, dass er seine Knochen zu zermalmen schien. Er lag auf dem klammen Betonboden, sein Oberkörper klebrig von Blut. Ein dumpfes Dröhnen in seinem Kopf begleitete jeden Herzschlag. Für einen Moment wusste er nicht, wo er war, was geschehen war. Für einen Moment täuschte das Gefühl, nur schlecht geträumt zu haben, warm und weich zu liegen. Aber es war immer nur dieser eine Moment, dann war Max wieder mittendrin. Seine Augen passten sich langsam der abscheulichen Dunkelheit an, und er konnte die flimmernden

Umrisse des Kellers erkennen. Er wusste mit einem Schlag, wo er war. Das einzige Licht, das von der nackten Glühbirne ausging, zuckte manisch und warf unheimliche Schatten an die Wände, die wie tanzende, kichernde Dämonen aussahen. Überall tauchte Ricks Fratze auf. Bilder, Eindrücke, Gerüche, greifbare Trostlosigkeit. Hatte sein Keller so ausgesehen?

Max nahm ein schwaches, rhythmisches Geräusch wahr, das an ein metallisches Hämmern erinnerte und in seinen Ohren nachhallte. Rick befand sich im Zentrum des Kellers, umgeben von Schatten, die ihn wie eine undurchdringliche Gefolgschaft einschlossen. Er stand vor Max' Frau, die wie gelähmt auf einem Stuhl saß, eine lebende Puppe. Ihr kahler Schädel glänzte feucht im Licht, wie frisch gewaschen in einer pathologischen Anstalt. Rick hielt einen Hammer in der einen und einen langen, groben Nagel in der anderen Hand. Das rhythmische Geräusch, das Max gehört hatte, war Rick, der den Nagel mit leichten, vorsichtigen Schlägen in ihren Kopf trieb, als würde er ein Kunstwerk vollenden. Sie verharrte regungslos, mit leeren Augen und leicht geöffneten Lippen – wie eine Ertrunkene.

Rick legte den Hammer beiseite und griff nach dem Lötkolben, dessen Spitze glühte wie der kräftige Zug an einer Zigarette in dunkelster Nacht. Er begann, die Kabel am Nagel zu befestigen, als er bemerkte, dass Max ihn ansah. Rick wandte sich ihm mit einem sadistischen Lächeln zu: „Ah, mein lieber Bruder", tönte er emotionslos, die Stimme spielte nur die Freude, und Max nahm sie ihm nicht ab, „bist du wieder bei uns? Wie ich sehe, hat die Axt den richtigen Ort gefunden. Ich glaube, du hast die erste Phase meines Experiments miterlebt. Und, ich möchte das deutlich betonen: überlebt! Das ist gewollt. Aber sparen wir uns die ewig gleiche Grundsatzdiskussion, die kennen wir beide zum Erbrechen. Meistens, also eigentlich immer, sage ich dann: ‚Dir fehlt der Blick fürs Ganze, weshalb wir es wahrscheinlich immer etwas schwerer haben werden, auf einen Nenner zu kommen', und – das meine ich auch jedes Mal ernst: ‚was ich sehr bedauerlich finde.' Von dir kommt dann immer irgendeine Entschuldigung. In einer Situation wie dieser hier würdest du wahrscheinlich sagen: ‚Entschuldige, der Blick auf das Ganze wurde mir zeitweise durch ein Beil in der Brustgegend versperrt.' Nicht sehr einfallsreich und berechenbar. Und ich sage dann: ‚Hätte ich dich töten wollen, hätte ich das wohl auch geschafft, oder meinst du nicht?' Am Ende kommt dann von dir irgendwas Bockiges, etwas Persönliches wie: ‚Jeder verliert mal sein Glück', denn du musst immer das letzte Wort haben. Ich bleibe dabei, dir fehlt der Blick fürs Ganze, so einfach ist das. Und reden scheint bei dir nicht zu helfen, also gehen wir praktischer an die ganze Sache heran, bis wir vor Erschöpfung sterben – quod erat demonstrandum. Was meinst du, he?"

Max versuchte, sich zu regen, zu schreien, aber seine Hände waren nutzlos. Er fand keinen Halt, sein Körper war eine Masse aus Schmerz, die ihn in den Boden zog. Er sah, wie Rick sich zu ihm beugte und ihm die Kabel, die mit einer Autobatterie verbunden waren, dicht ans Gesicht hielt, eine neue Ebene des Grauens. Dann sprang Max' Bruder wieder zu seiner Frau, und sein Blick von Rick, der immer noch sprach, zu ihr, deren Augen noch immer leer waren. Mehr tot, mehr Hülle. Er spürte die unerträgliche Hilflosigkeit, die ihn lähmte. Er war ein Zeuge. Er war nur ein Statist. Er war Teil des Experiments. Und mit dieser Erkenntnis brach er wieder zusammen, wollte sich der Schwärze ergeben. Wieder hoffte er auf einen Moment, der seinem Geist vorgaukelte, nur zu träumen. Die

Befreiung aus diesem Horrorkeller. Aber die Verbindung zu diesem Ort verlor er nie ganz. Max blieb in seinem Keller. Die Augen waren nur zur Hälfte geöffnet, und obwohl die Sicht verschwommen war, konnte er die Bewegungen seines Bruders wahrnehmen, die sich als verzerrter Schatten in seinem Blickfeld abzeichneten. Er spürte die kantige Axt, die unter ihm begraben lag, das Metall presste sich durch den Stoff seines Hemdes in die Haut, und Kälte durchfuhr seinen Oberkörper wie ein Schock. Es war das einzige Gefühl, das er jetzt spüren konnte. Ein klares, eindeutiges Gefühl, das ihm half, sich im Schmerz zu orientieren. Ein Gefühl, an dem er sich festhalten konnte, wie ein Ertrinkender an einem letzten Strohhalm. Mit letzter, verzweifelter Kraft rappelte er sich auf. Er spürte, wie sich das kalte Eisen in seiner Hand mit dem warmen Blut vermischte, ein widerlicher Kontrast. Der Geruch von Blut und Eisen stieg ihm in die Nase. Max schleppte sich hinter Rick, der immer noch in seiner monströsen, philosophischen und wirren Selbstrede gefangen war und die Kabel am Kopf vor sich verdrahten wollte. Max holte aus. Die Axt traf Rick in den Rücken, worauf er einen kurzen Schrei ausstieß, ein Laut der Überraschung, kein Schrei der Verzweiflung. Sein Körper sackte zusammen, seine Augen waren noch immer offen und leer, starrten ins Nichts, während das Leben aus ihm wich. Max stand über ihm, die Axt in der Hand.

Die Stille nach dem Tod war bedrohlich. Sie wurde nur vom leisen Stöhnen und Wimmern der Opfer in den dunklen Ecken des Kellers unterbrochen. Max richtete seinen Blick auf die zitternde, verstümmelte Gestalt in der Ferne und dann auf seine Frau vor sich, die immer noch regungslos auf dem Stuhl saß, eine Mahnung an das, was er verloren hatte. Er schaute zu Rick, der still und bewegungslos auf dem Boden lag, ein leeres

Gefäß, das gerade noch so viel Böses enthielt. Max betrachtete die Axt in seiner Hand und dachte an das Leiden der Opfer, an die Schmerzen. Er wusste, dass nur er jetzt in der Lage war, dieses Leid zu beenden.

Er wusste, dies würde kein gutes Ende nehmen, nicht beim ersten Mal, nicht in unzähligen Albträumen. Und doch blieb ihm die ernüchternde Erkenntnis, dass sein Bruder recht behalten sollte, als er seine Worte wiederholte: „Jeder verliert mal sein Glück." Er schaute auf seine Hände, da waren Blut und Schmerz und die Gewissheit, dass sich in dieser Nacht ihre Wege trennten. Max' verschwommener Blick entglitt seiner Frau, er verlor den Fokus, das Bild von ihr begann zu flackern und schwand dahin. Da war kein Halten mehr, und die Luft roch nach Desinfektionsmittel und nach Lüge.

Julia.

40

Die Wohnung, deren stylische Kälte Max einst als Zeichen seines Erfolgs gewertet hatte, fühlte sich nun an wie ein überdimensionierter Sarg. Er war erst seit wenigen Stunden aus dem Krankenhaus entlassen, die Glieder waren steif, der Kopf dröhnte. Ob dieser Schmerz *echt* oder nur ein Echo der Lügen war, konnte er nicht mehr unterscheiden. Eine Erinnerung an Geschehenes, die jede mögliche Wahrheit dahinter als absurd brandmarkte, waberte in seinem Hirn.

Doch es war nicht nur die Außenwelt, die jedes Vertrauen verspielt hatte; es war sein eigenes Gehirn – er selbst –, das ihn verraten hatte. Seine eigene Einsatzzentrale hatte ihn in ein brennendes Haus geschickt, in ein Feuer, wo kein Feuer war. Selbst seine Wahnvorstellungen verspotteten ihn: Er hatte kein Kätzchen gerettet; es gab nichts zu retten. Aber dass sich kleine, süße Kätzchen bei seinem Anblick erschrocken hätten – bei jemandem mit Feuer im Kopf –, das war absolut verständlich. Er war das, wovor er geflohen war: das Monster.

Jetzt, wieder in den eigenen vier Wänden zu sein, war befremdlich und zugleich eine schmerzhafte Erleichterung. Zum ersten Mal seit Langem war es ihm möglich, langsam und weit auszuatmen, die Anspannung aus dem Kessel entweichen zu lassen. Im Krankenhaus hatte er ständig einatmen müssen, den Druck halten, den Blicken ausweichen, die ihn als *Patienten* taxierten. Als *Verrückten …*

Doch die Erleichterung währte kurz: Es waren nicht nur vorwurfsvolle Blicke, denen er sich schutzlos ausgesetzt fühlte, es waren wissende und verständnislose. Egal, wo er war, er wurde den Eindruck nie los, dass jeder über ihn Bescheid wusste. Jeder kannte Mäx. Jeder kannte ihn jetzt ein bisschen mehr, anders. Er hatte seine psychische Krise vor allen offengelegt, und er selbst war nicht einmal in der Lage, sich ein objektives Bild davon zu machen. *Im eigenen Sarg machst du dir einfach keine Gedanken mehr über dich selbst – sehr erleichternd: Trautes Heim...*

Max fand Julia in ihrem gemeinsamen Schlafzimmer. Sie saß vor dem Fenster. Das neue Glas war makellos. Das Ganze hier war makellos. Nichts erinnerte.

Julia drehte sich um. Ihr Blick war nicht leer oder wahnsinnig, sondern sanft, ruhig und besorgt. Es war die Julia, die er einst geliebt hatte, aber ohne die dunklen Abgründe, die ihre Augen in den letzten Jahren verdunkelt hatten. *Ob es tatsächlich so war?* Es war verrückt. Er war verrückt, im wahrsten Sinne. Ihr dunkles Haar war lang und glänzend. Sie war schön, aber nicht mehr auf die Art, die er in seiner letzten, wahnsinnigen Erinnerung behalten hatte – ihre Schönheit war jetzt klinisch und unheimlich perfekt.

„Max. Du bist schon zu Hause", flüsterte sie. Sie stand auf und legte ihm vorsichtig die Hand auf den unverletzten Arm. Die Geste war liebevoll, aber ihr Abstand blieb klinisch. Max spürte den ungesagten Gedanken in ihrem Blick: *Wirklich jeder kennt dich jetzt ein bisschen mehr, anders.*

„Julia", Max spürte, wie ihm die Luft wegblieb. „Der Keller ... Rick ..."

Julia schüttelte sanft den Kopf. Ihre Bewegungen waren beruhigend. „Es ist vorbei. Das weißt du doch. Dr. Wendt hat es uns erklärt."

„Was hat er erklärt?"

„Dass du jetzt die Hilfe bekommst, die du brauchst. Du bist krank, Max. Und das ist in Ordnung. Aber du musst die

Medizin nehmen, damit *es* verschwindet." Sie deutete auf die Medikamentenbox, die auf dem Nachttisch stand. Auf dem Deckel klebte ein handschriftliches Etikett: Dr. Wendt.

Max sah die Box an, ... *wie ein Reset-Knopf für die Festplatte, damit die Stimmen und der Wahn mal die Klappe halten. Die schalten den Wahn aus, aber dafür kriegst du den vollen Bums an Scheiße zurück. Du wirst fett und zuckst rum, als hättest du Würmer im Arsch. Dein Hirn wird Matsch. Am Ende bist du eine seelenlose Zombie-Hülle mit einem leeren Grinsen.* Alles dafür, damit *es* verschwindet. Er schaute wieder ungläubig auf Julia. „Rick hat dich ... er hat dir das angetan."

Julias Augen wurden kurz leer, ein winziger, fast unmerklicher Augenblick des Zweifels, der so schnell verschwand, dass Max ihn beinahe für eine weitere Halluzination gehalten hätte. Dann lächelte sie wieder. „Rick? Max, du weißt doch. Rick war nie hier. Das warst nur du. Du warst sehr, sehr krank. Du hast mich ... bist auf mich losgegangen, damals, nicht absichtlich." Ihre Stimme war nun leise, beschwichtigend. „Das ist lange her. Aber es kam alles wieder hoch." Sie berührte seine Brust, genau über der alten, verheilten Narbe. Ihre Geste war tröstlich, aber ihre Worte waren eine Hinrichtung seiner Erinnerung.

„Hör zu, der Wendt hat doch alles erklärt. Das ist jetzt deine neue Routine, Max. Das ist wichtig, damit das nicht wieder passiert."

„Routine?", wiederholte Max. Das Wort klang in seinem Mund wie eine Zellentür, die zuschlägt.

„Ja. Erst mal nimmst du die Medikamente, ganz regelmäßig. Das sind deine Stützen, damit die Stimmen und die Wahnvorstellungen wegbleiben. Dr. Wendt hat gesagt, das machen wir jetzt mindestens ein oder zwei Jahre, damit du ganz stabil wirst."

„Ein oder zwei Jahre …“ *Eine lebenslange Haftstrafe.* Er spürte förmlich, wie die eiserne Zellentür geschlossen wurde, wie das Türschloss zweimal laut knackte.

„Und dann die Therapie. Wir werden wieder zu ihm gehen. Wir machen das zusammen, keine Sorge.“ Julias Lächeln festigte sich. „Das hilft dir, deinen Alltag wieder in den Griff zu bekommen. Damit du Struktur hast. Damit du nicht wieder so … abdriftest. Wir brauchen das nicht mehr, Max.“

Abdriften? Nenn den Scheiß beim Namen: Mein Hirn hat kurz die Grätsche gemacht und ist auf ein falsches Programm gesprungen. Das war keine Wellness-Kur für die Seele, das war ein Systemabsturz erster Güte!

„Ich soll wieder lernen, meinen Alltag zu regeln? Wie ein Kind?“

„Nein, du sollst wieder stark werden, Max. Und Paul war so lieb, alles für uns zu regeln“, fuhr sie fort.

Stell dir vor: Du sendest auf deinem Luxus-Kanal, alles läuft, die Kohle stimmt – und plötzlich zieht dein verfickter Sender das Signal vom Horror-Channel rein. Stimmen im Kopf, die dir erzählen, wie lächerlich dein Leben ist. Und dann steht da dieser Wichser, dieser Rick, der die Kacke auch noch anfängt, live zu machen, mitten in deiner Küche. Das ist, als wenn der Kameramann plötzlich die Axt nimmt und das Set zerlegt.

„Die Wohnung, die Versicherung … Paul ist ein wahrer Freund. Er hat gesagt, du sollst dich ausruhen. Die Welt freut sich, wenn *Mäx* wieder lacht.“

Der unterwürfige Mäx. Das Wort schoss ihm wie eine Kugel durch den Kopf. Ein Kleinkaliber-Geschoss, das zwar eintrat, aber nicht mehr genug Kraft hatte, den Schädelknochen auf der anderen Seite wieder zu verlassen. *Unpraktisch.* Das quirlige, kleine Ding zog seine Bahnen kreuz und quer durch die empfindlichen Windungen. Mit Brei denkt es sich schlecht. *Unterwürfiger Mäx.*

Max sank auf den Bettrand. Es war offensichtlich, dass ihm etwas Entscheidendes fehlte. Sein Verhalten wich von der Norm ab. Er hatte den Ausführungen von Wendt aufmerksam zugehört, sich bemüht, die Dinge professionell und unvoreingenommen anzunehmen. Aber diese professionelle Vereinbarung mit sich selbst half jetzt nichts mehr.

Ein Detail überschattete alles: Er wusste, wie sehr seine Frau die Rolle *Mäx* verabscheute, die er in der Öffentlichkeit verkörperte. Im Streit hatte sie ihn nicht selten mit einem unterwürfigen Mäx aufgezogen, den aufgeblasenen und selbstverliebten Pausenclown. Niemals hätte sie ihn freiwillig, geschweige denn liebevoll, „Mäx" genannt.

Das ist nicht meine Frau.

Max sah Julia an, die ihm die Tablette und ein Glas Wasser reichte. Das war die Erkenntnis, die er nicht überhören konnte, die finale, unerträgliche Dissonanz. Er nahm die Pille. Er schloss die Augen für einen Moment, atmete weit aus, versuchte, Entspannung zuzulassen. Als er sie wieder öffnete, war der Raum anders.

Julia war weg.

Die Medikamentenbox auf dem Nachttisch, das Glas Wasser – alles war fort. Die Wohnung war dunkel. Der Flachbildschirm an der Wand zeigte lediglich eine schwarze Oberfläche, in der das Gesicht von Max diffus zu erkennen war.

Die Kälte der späten Novembernacht kroch durch den Spalt des offenen Fensters und zog eine Spur beißender Luft durch die jetzt verlassene Wohnung. Max stand auf, seine Glieder waren steif, die Schlinge war verschwunden, aber seine Schulter schmerzte dumpf. Er wusste nicht, wie er vom Bett dorthin gelangt war. Er stand am geöffneten Fenster, der Regen peitschte herein und kühlte die Haut seiner Hand, die er gegen den Rahmen presste.

Er sah nach unten. Die regennasse, schwarze Straße spiegelte die trüben, verschwommenen Laternen. 4:10 Uhr? Er spürte, dass ihn nichts in diese Position gebracht hatte, außer er selbst. Aber er wusste nicht, wie er dort angekommen war. Die Erinnerung war ein leerer, kalter Fleck.

In diesem Moment zerriss ein Geräusch die Stille der Wohnung: ein leises, metallisches Klicken aus dem Badezimmer. Max erstarrte. Er wandte den Blick vom Schwarz der Nacht ab, seine Augen suchten die Dunkelheit der Wohnung ab. Er hielt den Atem an.

Die Tür zum Badezimmer glitt geräuschlos auf.

„Ach, hier bist du ja, Mäx", sagte Paul. Er trat in den Raum, lässig gekleidet, mit einem Handtuch über der Schulter. Sein kurzes Haar war nass, als hätte er gerade geduscht. Er lächelte. Es war kein freundliches Lächeln, sondern das unheimliche, wissende Grinsen eines Regisseurs, der seine nächste Szene beginnt und dessen Sauberkeit ihn selbst zum Beweis der Schuld machte.

„Ich dachte schon, du stehst da draußen im Regen. Das wäre für die Geschichte nicht gut. Wir müssen konsistent bleiben, zumindest einigermaßen, nicht? Das ist wichtig für die Presse."

Mann stürzt aus Fenster und erleidet schwere Verletzungen

Hamburg (ots) – Bei einem Sturz aus einem geöffneten Fenster im zweiten Obergeschoss einer Wohnung in Hamburg hat sich in den frühen Morgenstunden gegen 4:10 Uhr ein 34-jähriger Mann so schwere Kopf- und innere Verletzungen zugezogen, dass er nach der Stabilisierung durch einen Notarzt zur stationären Weiterbehandlung in eine Klinik gebracht werden konnte.

Wie die bisher durchgeführten Ermittlungen ergaben, befand sich außer dem Verunglückten noch ein gleichaltriger Freund in der Wohnung. Als dieser kurz das Zimmer verließ, stand der 34-Jährige noch am geöffneten Fenster. Nachdem der Bekannte nach kurzer Zeit wieder zurückkehrte, hatte sich der Hamburger aus etwa acht Metern Höhe in die Tiefe gestürzt, wo er auf einem Steinweg unterhalb eines Fensters aufschlug.

Die Gründe für den Sturz aus dem Fenster konnten noch nicht näher ergründet werden. Anhaltspunkte auf eine strafbare Handlung haben sich bislang noch nicht ergeben.

Prolog

„Hey, Mäx … wie geht's dir?"

„Herr Mathey, können Sie mich hören? Versuchen Sie, zu nicken. … Sie sind im Krankenhaus, aber alles ist in Ordnung. Sie brauchen sich keine Sorgen zu machen."

„Ich soll dich auch ganz lieb von den Kollegen grüßen, Mäx, hörst du?"